高慢な狐と腹黒狸の誘惑駆け引き

Hikaru Masaki
真崎ひかる

CHARADE BUNKO

Illustration

北沢きょう

CONTENTS

《〇》

祖父には、ハッキリと。

父親には、ぼんやりとした輪郭のみで……母親には存在しない。

ソレは、物心つく頃には当たり前に見えていた。

だから当然、自分以外の人にも見えるものだとばかり思っていたのだ。そうではないと知ったのは、自分の言葉に母親がきょとんとした顔を見せた時だった。

「なんで、おかーさんには尻尾がないの？　ワンコみたいなお耳もない」

自分にとって当たり前だったことを、母親に向かって改めて尋ねてみたのは夕食の席に特に話題がなかったせいだ。

母親は、左手に茶碗を持ったまま不思議そうに目をしばたたかせた。

「なぁに？　尻尾、って」

困惑したように口籠（くちごも）った母親に代わり、右手に持っていた箸を置いた父親が八太郎（やたろう）と視線を合わせてくる。

「八太郎には、尻尾……が見えるのか？　耳も、ワンコ……じゃないけど、動物のものがあるって?」

驚きと、焦(あせ)りと、困惑。

いろいろなものが複雑に混じり合った表情と声で父親に尋ねられ、大きくうなずいた。

「うん! じいちゃんとおとーさんと、ぼくにはあるけど、おかーさんにはない!」

「そうか……八太郎は、おじいちゃんに似たんだな」

母親は「なに言ってんの」と笑ったけれど、五つになったばかりの八太郎の言葉を父親は笑わなかった。

そして、無言で夕食を食べ終えると、どこかに電話をかけて長い時間話し込んでいた。

翌日の朝、父親に大きなお屋敷に住む祖父のもとへと連れていかれ、やけに重苦しい空気の中で問い質(ただ)されたのだ。

「八太郎。おまえの目には、人のものではない耳や尻尾が映るのか」

「うん。じいちゃんとおとーさんと、ぼくにはある。でも、じいちゃんのが一番おっきくて、カッコいい! おとーさんは……時々、見えない」

座布団に座っている祖父の尻あたりを指差しつつ、目に見えるものをそのまま伝えた八太郎に、祖父は一瞬目を瞠(みは)り……破顔した。

「ははっ、カッコいいか。そいつは嬉しいね。……ふむ。八太郎には、おまえの父よりも強く家系の血が出ているようだな。隔世遺伝か」

「かくせいいでん？」

聞き慣れない言葉に首を捻ると、祖父は座布団から立ち上がって八太郎の目の前に膝をついた。

「今の世に、その力は不要かもしれんが。わしが生きているうちに、伝えねばならんことがたくさんある」

そっと手を取られて、不思議な心地で祖父の顔を見上げた。

それまで八太郎にとっての祖父は、いつも怖い顔をしているおじいちゃんという認識で、こんなふうに手を繋がれたことは一度もない。あまり話したこともなく、笑った顔を見たのも今日が初めてだった。

なんだ、怖くない……と祖父に対する認識を改めた八太郎とは別に、父親が不安そうに口を開いた。

「お父さん」

「八太郎にのみ、一族の重責を負わせるつもりはない。ただ、正しく伝えることは必要だろう。……一族に関してろくに知識のないおまえでは、役に立たんのだからな」

「それを言われてしまうと、反論できませんね。正直言って、一族の伝承は半信半疑でした。土地柄も含め、それらしい作り話をしているのかと。たとえ、お父さんやお祖父さんの体質が事実でも、私には受け継がれなかったのだから、血が薄まり途絶えるものだとばかり思っていました。まさか、息子の代に遺伝するとは」

言葉を切って「ふぅ」と大きく息をついた父親が、チラリと横目で八太郎を見遣る。

目が合ったと思えばすぐに逸らされてしまい、こちらも初めて目にする父親の表情に不思議な気分になった。

その時の父親の、申し訳なさそうな……心苦しそうな顔の理由は、もう少し成長してから理解することになる。

□ □ □

「ん、アレか？　……アレだな」

事前に調べてきた住所では、このあたり……と予想してきたのだが、アタリのようだ。

眼鏡をずらして裸眼で見つめた目的の人物は、それまで八太郎の目に映っていた姿とは少しだけ異なっていた。

頭上には、『普通の人間』ではない証拠が、ぼんやりと浮かび上がっている。

その『普通とは言えない姿』を目に留めたと同時に、耳に装着してあるピアスの黒い石がほんのりと熱を帯びたように感じて、小さく首を傾げる。

「どんなケーキがいい？　なんでも日南多の好きなやつを、兄ちゃんが買ってやる。リクエストのゲームは、シン兄が仕事の帰りに予約してある店に寄って、ちゃんと引き取ってくるからな」

「あっ、なんでケイ兄貴だけいい顔しようとしてんだよ。ヒナ、俺は新型のローラーブレードを買ってやるからな」

「俺は、ヒナちゃんが欲しがってたギャオレンジャーカードをやるよ」

ずらしていた眼鏡をかけ直した八太郎の前で、一際小柄な少年が他の三人から代わる代わる声をかけられている。

年齢は、上から二十歳くらい……高校を卒業したばかりの八太郎と同じくらい、中学生くらいといったところだろうか。

一番上の青年からヒナタと呼ばれていた少年だけ、彼らと少し年が離れている。きっと、まだ小学生だ。

四人のあいだに流れる雰囲気とよく似た顔立ちから、兄弟だと一目でわかる。

「今日は、おれが王様？」

兄たちを見上げて嬉しそうに笑うヒナタは、大きな目とすらりと長い手足が目を引く愛らしい容貌の少年だ。

声の調子からも態度からも、兄たちにずいぶんと可愛がられているのだろうと容易に推測できる。

「……いつもだよ。王様っていうより、王子様だけどな」

中学生くらいの近い少年が苦笑して、ヒナタの髪をくしゃくしゃと撫でた。

ちょうど彼らとすれ違うところだった八太郎は、視界に飛び込んできたその様子に意識せず目を細める。

さらさらと、触り心地のよさそうな髪だ。風に吹かれて、八太郎の視界の端を過る。

花の蜜に誘われる虫のように、ふらりと伸ばしそうになった手を慌てて身体の脇で握り締めた。

見知らぬ他人がすれ違いざまに髪に触るなど完全に変質者だと、意味不明な行動に出ようとした自身を諌める。

「ヒナも、今日で無事に十歳かぁ。大きくなったら、なんになりたい？」

「おれねっ、九尾のすっげーやつになる！」

「はは、そいつは楽しみだ」

これから、ヒナタの誕生日パーティーらしい。賑やかな四人組とすれ違い、数メートル歩いて振り返る。

眼鏡を外して、手に持った八太郎の瞳に映るのは……夕陽を受けて金色に輝く尻尾を揺らす四人の人影。

ただ、一つ。

「……白毛か」

一番小さな少年の腰からぶら下がるふさふさとした尻尾だけは、夕陽をそのまま吸い込んだような茜色だった。

元の毛色が真っ白なことで、夕陽と同じ色に染まっているのだ。

「気に入った」

小声で零してクスリと笑い、右手に持っていた眼鏡を顔に戻す。

祖父から聞いた、自分と『彼ら』にまつわる因縁。それが事実なら、いずれ彼らの中の誰かが乗り込んでくるだろう。

伝承の『鉄の橋』は、とうに本州と四国のあいだに架けられているのだ。

「御大師様も、まさか三本も鉄の橋が架かるとは思わなかっただろうけど。……いや、口にしなかっただけで、お見通しだったのかな？」

かつて、自分たちに大いなる力と伝承を授けてくれた『弘法大師空海』を思い浮かべてつぶやき、首を捻る。

それも、確かではない。

彼らのうち誰かが乗り込んでくる可能性がある、というだけで……先手を打っておこうだとか敵情視察だとか、危機感を抱いたわけでもない。

進学を機に故郷を出て、祖父から聞いた彼らの住処（すみか）から遠くない土地に越してきたのは偶然だ。そして、接触する理由も必要もないのに、わざわざ覗き見に来たのは興味本位からだった。

「いつか対決するなら、あの白毛がいいな。ヒナタ……か」

兄たちに呼ばれていた少年の名前を小声で口にすると、自然と唇に笑みが浮かぶ。

アレがいいと、漠然と思った理由？

愛されることが当然という顔をしていた。生意気かつ単純馬鹿そうなので、反応を楽しめそうだ。

なにより、真っ白な毛色が好みだった。ヒナタという暢気（のんき）そうな名前も、悪くない。

ただ、それだけだ。

《一》

「……視界に映る色の、八割くらいが緑じゃないか？」

小さな駅舎から一歩踏み出した日南多は、ぐるりと周囲を見回して呆然(ぼうぜん)とつぶやいた。

八割と言うと大袈裟(おおげさ)かもしれないけれど、五割は確実に超えていると思う。残りは、空の青と白い民家の壁の色と屋根瓦の灰色が、ぽつり……ぽつり。

都心にある自宅を出たのは、朝だった。電車に飛行機に、バスに汽車……と乗り継ぎ、およそ八時間。

ようやく辿(たど)り着いた目的地は、アスファルト舗装された道路と高層ビルに囲まれて育った日南多にとって、秘境にも等しい土地だった。

三月末とはいえ、都心ではシャツの上に薄手のジャケットかパーカーで十分なのに、山に囲まれたここではスプリングコートとセーターを着ていても肌寒く感じる。

「すげぇ山ん中。電車じゃなくて、ディーゼル機関車のけん引する汽車だったもんな。バス停は……あれか。っつーか、時刻表が白いっ！」

駅前に設置されているバス停に歩み寄り、やたらと空白の多い時刻表に目を走らせて頬を引き攣らせる。

「駅前発のバスが、一日に五本て……マジか。タクシー……」

きょろきょろと周りを見回しても、都心の駅前では当たり前のようにあるタクシーは一台も停まっていない。

タクシーや車どころか、通行人の姿もない。そういえば、この駅に降り立ったのは日南多だけだった。二両編成の汽車に乗っていたのは、日南多の他にはお年寄りが一人しかいなかったし……。

「と、とりあえず歩くか。ここでぼんやりしていても、どうにもなんないし」

しばらく声もなく立ち尽くしていた日南多だが、気を取り直して、肩にかけているバッグの紐をギュッと摑む。

大きく息をつくと、小石の転がる荒い舗装の道路をゆっくりと歩き出した。

しかし……目的地まで来たのはいいが、肝心の『お相手』が誰だかわからないのでは、どうにもならない。

「衝動的に飛び出してきちゃったからなぁ。せめて、名前とか住所くらいは調べてくるんだった」

これが無謀な行動だということは、誰に言われるまでもなく自覚している。単細胞の馬鹿と言われても反論不可能な、無鉄砲なものだということも。

「ちょっとだけ……後悔していないこともないけど、ここまで来て、おちおち手ぶらで帰れるかよ」

敢(あ)えて声に出すことで、ほんの少し心細さを感じる自分を鼓舞する。

目的と目標は、定まっているのだ。目標に辿り着くことができれば、なんとしてでもやり遂げてやるという気概(きがい)と自信もある。

「って、その目標がなぁ」

空を見上げてつぶやいた瞬間、斜め後ろから声をかけられた。

「あの……っ、すみません」

他に人影はないのだから、これは自分に向けられた言葉だろうと振り向くと、長身の若い男が困惑した顔で立っていた。

どこから現れたのだと眉を顰(ひそ)めた日南多の目に映ったのは、半分開いた半透明の農業用らしきハウスの扉だ。

あの中にいて、通りかかった余所者(よそもの)に気づいて出てきたといったところか。

ハウスの中が暑かったのか、肘まで袖を捲(めく)り上げた白いシャツに紺色の細身のパンツ……足元は、黒い革のシューズだ。ハウスから出てきた割に、農作業をしていたような服装ではない。

ゆっくりと日南多に歩み寄り、一メートルほどの距離を残して立ち止まった。歩いた振動のせいか、鼻のところにずれ落ちた眼鏡を指先で戻す。

「こちらで、なにをされて……？」

眼鏡の奥で怪訝そうに目を細めているのは、カメラを手にした日南多が、山間の鄙びた土地では目立つ若い女性……に擬態しているせいだろう。

今の日南多は、淡い茶色のストレートロングにバランスの取れたプロポーションの、美女……に見えるはずだ。

見上げる角度から、百八十センチの半ばほどは身長がありそうだ。けれど、よく見れば目鼻立ちの整った優し気な風貌で、威圧感はない。

年齢は、二番目の兄と同じくらい……二十歳になったばかりの日南多より、七つ八つ上といったあたりか。

早世した母に似た容姿に加えて年の離れた末っ子ということもあり、父親だけでなく四人の兄たちにも蝶よ花よと育てられたせいか、日南多は昔から年上の男に懐きやすいということは自覚している。

それが伝わるのか、学生時代の先輩や兄たちの友人なども、日南多のことは可愛がってくれるのだ。

日南多は、内心「思い通りになりそうな若い男だ。ラッキー」と、ほくそ笑んで男に言葉を返した。

「写真を撮りたくて、東京から……ついさっき、到着したばかりです。このあたりに、珍しい蝶が飛来すると聞いたんですけど、ご存知ですか？」

余所者が、不審がられることなくふらつくには言い訳が必要だろうと、事前に用意していた台詞だ。

案の定、この男も特に疑問を持つ様子はなくうなずいた。

「ああ、アサギマダラでしょうか。余所から若い女性が一人でやってくるのは珍しいから、不思議で……突然声をかけて、驚かせましたか？　申し訳ありません」

「マイペースで動くことができるから、一人旅が好きなんです」

にっこりと笑って答えた日南多に、男は心なしか頬を染めて目を逸らす。

計算した笑顔だとも知らずに、ちょろ……いや、御しやすそうでなにより。

「飛来してきた蝶が、よく目撃される場所があるんです。案内しましょうか」

「お願いします」

優男に見せかけておいて、不自然さのない誘い文句でナンパかよ。なかなかやるな……と顔を背けて小さく笑い、男と肩を並べて歩き出す。

「東京からここまで、遠かったでしょう」

日南多が内心なにを考えているのか、知る由もない男は人の好さそうな笑みを絶やすことなく話しかけてくる。

「ええ。予想より時間がかかりました。あ……そうだ。特に計画を立てずに思い立って来ちゃったんですけど、このあたりにホテルか旅館ってあります？」

隣を見上げて問いかけた日南多に、男は「えっ？」と驚いたように口にする。

それほど驚かれることを、言っただろうか？

日南多の疑問は、困惑と申し訳なさを漂わせて返してきた男の言葉で晴れた。

「このあたりの宿泊施設、ですか。二つ隣の駅前なら、小さな旅館がありますけど」

「二つ隣の駅って、唯一の電車……じゃなくて、汽車で三十分くらいかかるところですよね」

トンネルの多い山間部を走る路線は、駅と駅の間隔がやけに長いのだ。民家のないところに駅を作っても無意味だと思うので、それも当然だが。

「こちらの地区には」

返事は予想できたけれど、ダメで元々と思いながら尋ねてみる。

男から返ってきた言葉は、

「民間の宿泊施設はありません。滅多（めった）に旅行者は来られませんし……仕事で滞在される方は、関係者の自宅に宿泊しますので」

そんな、ほぼ予想通りのものだったけれど。

さて、どうしたものか……と困惑した振りをして、男の出方を待つ。

内心では、「ほらほら、お膳立てしてやったぞ」と含み笑いをして、チラリと見上げる視線で誘いを促した。

自分で言うのもなんだが、今の日南多は極上の美女……のはずだ。あまりモテなさそうな若い男が、食いつかないわけがない。

わくわくしながら待っているのに、男の口からは待ち望む一言がなかなか出てこない。なんだコイツ、つまらない草食系というやつだろうか。それともまさか、この美貌に魅力を感じていないとでも？

もしくは……左手の薬指に指輪は見て取れないが、既婚者という可能性もなきにしも非(あら)ず。しまった。その可能性は、考えていなかった。

日南多が表情を曇らせかけたところで、ようやく男が「あの」と切り出した。

「もしよければ、うちにいらっしゃいますか？　あっ、変な下心はありませんからっ。独り暮らしですけど、無駄に広い田舎の家なので私の私室から一番遠い部屋を提供しますし、きちんと鍵がかかりますので。それに家政婦さんが夜遅くまでいますので、……あ、もし嫌だと思われましたら家政婦さんのお宅に泊めてもらうという方法もあります」

下心はないと言いながら、じわじわと頬を染めている。

ようやく餌(えさ)に食いついてきたか、とホッとした日南多は、意図して控え目に笑って言葉を返した。

「そんな……とても助かりますけど、図々しく甘えてしまっていいのでしょうか」

日南多が答えた瞬間、男の顔に思わずといった笑みが広がる。日南多の安堵とは異なる意味だろうが、こちらもホッとした様子だ。

「もちろんです。もう暗くなってきましたし、アサギマダラのご案内は明日にして……こちらです。荷物はそれだけですか?」

「はい」

日南多が持っている荷物は、身に着けているバックパックと小型のボストンバッグが一つだけだ。

旅行者を偽装するための道具でもあり、趣味にしているということも嘘ではないカメラはデジタルカメラなので、機材というほどの付属品はない。

「バッグ、お持ちします。すぐそこですので。あ、私は蓑山八太郎と申します」

「はい。お世話になります」

ペコリと頭を下げた日南多は、小型のボストンバッグを引き取って先導する男について歩き出す。

「……だな」

風に乗って「単純だな」とかすかに聞こえてきた気がするけれど、確証はない。チラリと目にした男の横顔には、隠しきれない笑みが浮かんでいた。

過保護な兄たちに知られれば、素性の知れない初対面の人間についていくな！　と怒られるのは確実だが、万が一身の危険を感じたら化(ば)かして逃げればいいのだ。

日南多には、人間なんかに負けるわけがないという絶対的な自信がある。

□□□

案内された男の自宅は、道中にぽつぽつとある民家の中で一際目立つ、大きなお屋敷だった。土地がふんだんにある田舎とはいえ、見事な日本家屋だ。ここまで立派だと、重要文化財クラスではなかろうか。

都内にある日南多の家もかなり大きなものだと思うが、洋風建築なので雰囲気がまったく違う。

物珍しさにきょろきょろする日南多をよそに、男は池まである広い庭を歩いていく。施錠習慣のないらしい玄関の扉を開けると、廊下の奥に向かって声をかけた。

「小梅(こうめ)さん、ただいま帰りました」

十秒ほどの間があり、廊下の奥から白い割烹着(かっぽうぎ)を身に着けた小柄な老婦人が玄関先に出てきた。

「お帰りなさいませ、八太郎さん。……お客様ですか？」

「ええ。泊まるところを決めていないそうなので、ご案内しました。名前は……そういえば、お聞きしていませんでしたか？」

男が振り返り、日南多は慌てて背筋を伸ばす。

名前。難題だ。女性らしい偽名を考えていなかった。

それに、どこに『敵』がいるかわからないのだから、本名を名乗って身元を明かすのは避けたい。

「あっ、葛原……ヒナです。お邪魔します」

咄嗟に口から出たのは、実際の名前『葛葉』に『ら』を足した名字と、『日南多』の短縮形……子供の頃から兄たちに呼ばれている愛称だ。出まかせの割に不自然でなく、それらしいものが出たことを自画自賛する。

ただ、『ヒナ』に関しては少々複雑だ。女の子みたいだから恥ずかしいと嫌がったのに、可愛いからいいだろうと家の中では未だにそう呼びかけられて辟易している。

反射的に、好きではない愛称を口にした……と苦い気分になっている日南多の内心など知る由もない男は、朗らかに笑ってうなずくと、老婦人に向き直った。

「ヒナさんです。東京からいらしたそうです。ひとまず客間にご案内しますので、十分後くらいに居間にお茶をお願いできますか」

「承知いたしました。夕飯は、お二人分ですね」

やり取りから推察して、家政婦というのは彼女のことだろう。小梅と呼ばれた老婦人は、それ以上なにも言わず廊下の奥へと戻っていく。

「こちらです。どうぞ」

にこやかに笑った男は、スリッパを差し出して日南多を促すと長い廊下を歩き出す。

黒光りする板張りの廊下は、慣れ親しんだフローリングと素材自体は同じはずなのに全然違う。どう言えばいいか……踏んだ時の音や質感が、重い。

絵の描かれた襖（ふすま）も、「どうぞ」と男が開いた襖の向こうに広がる畳の間も、高級旅館のようだ。

「荷物、こちらに置きますね。上着は、そちらの衣紋（えもん）かけにどうぞ」

「は、はい。ありがとうございます」

言われるままバックパックを下ろしてスプリングコートを脱いだ日南多を、廊下に立った男は無言で見ている。

コートの下は、ざっくりとしたセーターとデニムパンツだが、ジェンダーレスと呼ばれる服装なので不自然なところはない……はずだ。体型は女性を模しているし、声も女性のものだから擬態は完璧。

でも、ジッと見られるのは落ち着かない。

「あの……」

困惑を滲ませて日南多が零すと、男はハッとしたように眼鏡の奥で瞬きをした。

「あ、っと失礼しました。東京からの長旅で、お疲れでしょう。お茶を飲んで、一休みなさってください。居間にご案内します」

おれの美貌に見惚れていたか？

そんな一言は、当然心の中でつぶやいて「ありがとうございます」と微笑む。

単純そうなヤツ。操りやすそうで、なによりだ。ちょうどいいから、この男から情報を聞き出してやろう。

日南多は男の後について廊下を歩きながら、ふふっと笑みを浮かべる。

日南多に向かって「今のおまえは、昼行灯というやつだ」などと言い放った祖父を思い浮かべ、「見てろよ」と拳を握った。

単身で敵地に乗り込み、『お宝』を手にして凱旋した日南多にどんな顔をするか、予想もつかないからこそ楽しみだ。

「くふふ、一石二鳥を狙うか」

ついでに『お宝』のパワーで妖力の証となるアレの数を一気に増やせたら、祖父の度肝を抜くことができるはず。

《二》

「では、私と桜子(さくらこ)はこれで失礼します。おやすみなさいませ。また明朝に。なにか急用がございましたら、夜中でもご連絡ください」

夕食後にお茶を運んできた小梅は、湯気の立つ湯呑(ゆの)みを二つ並べた茶托に置いて丁寧に頭を下げる。

八太郎は、慣れた様子で鷹揚(おうよう)にうなずいた。

「はい。お疲れ様です」

「あっ、ありがとうございます。ご飯、美味しかったです」

慌てて答えた日南多にも丁寧にお辞儀をして、静かに居間を出て行った。

通いの家政婦だと紹介された、小梅と桜子……小梅の孫だという若い女性が去ると、この大きなお屋敷には八太郎と日南多の二人きりになる。

男の日南多が女に化けていることを知らないのだから、傍(はた)から見れば若い男女が二人きり。彼女たちに思うことはないのだろうか。

余程、この八太郎という男が信用されているのか……やたらと恭(うやうや)しい態度だったので、なにをしても咎めることのできない立場なのか、どちらなのかは日南多には判別できない。

シンと静かになり、テーブルの向こう側に座っている八太郎にチラリと目を向けた。

視線が合ってしまい、なんとなく気まずい静けさを打ち破ろうと口を開く。

「あの、なにからなにまで、本当にありがとうございます。お風呂も、すごく気持ちよかったです」

小梅たちがいるあいだにと気を遣われたのか、食前にどうぞと勧められた風呂は、温泉を引いたものだった。

あまりにも心地よく、素の姿で気を抜ききって入浴したせいで、うっかり風呂上がりに女の姿に化けるのを忘れそうになってしまった。

パジャマ代わりのスウェットに袖を通して『ヒナさん』に化け、間違えていないか鏡で全身をチェックしたので不審に思われていないはず……。

「山の幸が中心でしたが、食事はお口に合いましたか？」

「はい。美味しくいただきました」

フランス料理やイタリア料理といった豪華な洋食に慣れ親しんだ日南多には、五目ご飯や里芋の煮物、具がネギと豆腐だけの味噌汁やきんぴらごぼう等のメニューは素朴な食事だったけれど、美味しかったのは事実だ。

特に、自家製だという薄い油揚げをカリカリに焼いて生姜醤油で食べた一品は、シンプルながら感動するほど美味だった。言葉もなく一心不乱に油揚げを食べ尽くす様子を、八太郎は微笑ましそうに見ていて、少しだけ恥ずかしかった。

話題が途切れ、温かいうちにお茶を飲もうと湯呑みに手を伸ばしかけた時、不意に八太郎が口を開いた。

「ヒナさん」

静かに名前を呼ばれ、肩に緊張が走る。

人畜無害そうな顔を見せておきながら、二人きりになった途端、豹変する気か……。

唇を引き結んで軽く睨(にら)んだ日南多に、八太郎はにっこりと笑いかけてくる。

「二十歳だとおっしゃっていましたが、お酒はいける口ですか？　女性がお酒を嗜(たしな)むことを是(ぜ)としない小梅さんの手前、言い出せなかったのですが……おすすめの地酒がありまして、ぜひ都会の方に味見をしていただきたいんです」

他意のなさそうな笑顔でそう勧められ、拍子抜けした。

口説いてくる気かと身構えた自分が、自意識過剰みたいだ。

「……はぁ。いただきます」

気の抜けた声で返事をした日南多に、八太郎は笑みを絶やさないまま「では用意してきます」と立ち上がる。

居間に一人で残された日南多は、チッと舌打ちをして独りごちた。

「なんなんだよ、ヘタレが。デレデレと話しかけてきたくせに。大人しく襲われてやる気はねーけど、おれを前に全然その気にならないって態度も腹立つな」

今は女に化けているが、素の日南多も美形だと持て囃されているのだ。兄弟の中で唯一母親に似た顔立ちは、子供の頃から四人の兄に「世界一可愛い」とチヤホヤされていたし、二十歳になった現在ではクラブなどに行けば男女不問で誘われる。

八太郎のように、まったく気がないわけではなさそうなのに何時間も一緒にいて口説き文句の一つも寄せてこない人間など、初めてだ。

「つまんねー男」

唇を尖らせて、ぼやく。

口説き落とされるつもりなど毛頭ないのに、言い寄ってこられないのは気分がよくない。

我儘で高慢な性格？

そんなことくらい、誰に言われるまでもなく自覚している。

□　□　□

「コレ、なに？　すげぇ美味い」

「小鮎の甘露煮です。近くの川で獲れるんです」

シシャモより小ぶりな甘辛い味付けの魚を齧り、切子硝子のお猪口に注がれた酒を呷る。すっきりとした辛口の日本酒は、すいすいと喉を落ちていく。

「鮎って、塩焼きじゃなくてもいいんだ」

「塩焼きにするには、ある程度の大きさがなければいけませんから」

ほろ酔いを通り越して、すっかり酔っ払いの域に足を踏み入れつつあることは自覚している。

意識がふわふわしていて、なにを話しているのか時おり曖昧になる。隠しておかなければならないことを口走らないようにするので精いっぱいだ。

「こっちは、なんかの肉？　牛や豚じゃないよな？」

尻尾を出していないのかも気になるけれど、テーブルの上に並ぶものすべてが美味しくて止まらない。

空になった日南多のお猪口に酒を注ぎ足しながら、八太郎が答えた。

「そちらは、同じくそこの山で捕獲した猪のベーコン。燻製にしたら、獣臭さが薄れて食べやすくなるんですよ」

「い、猪。こんな味なんだ」

一口サイズの角切りにされた肉は、白い皿にチーズと並べて盛りつけられている。これが猪？　と、目を見開いて見下ろした。

日南多の頭の中では、テレビでしか見たことのない毛むくじゃらの巨大な獣が、猛スピードで駆け抜けていった。

ラムのソテーや馬刺しはコース料理の一品として食べたことがあるけれど、猪は食べようと思ったことがない。

ああでも確か、牡丹（ぼたん）鍋は猪の肉を使うものだった気がする。猪の肉を食べること自体は、妙ではないのか。

それと知らずに『猪』を食べた日南多は神妙な顔をしているはずだが、八太郎はこれまでと変わらない温和な調子で言葉を続ける。

「最近は田畑を荒らす猪が多くなって困っていたんですが、ジビエとして活用させていただくことにしてからは命を無駄にしないですむようになりました。今は、鍋用に味噌漬けにしたものやベーコンにしたものを道の駅などの土産物店に少しずつ置かせてもらっていますが、もう少し体制が整えばレトルトカレー等に加工して地域外に売り出す計画です」

「カレーも美味しそう……ですね」

虫も殺さないといった温和な風貌の八太郎が、淡々と猪肉の活用について語る姿はなんだかシュールだ。

目を泳がせる日南多に、「こちらもどうぞ」と小皿を差し出してくる。

「ドライ無花果と、クリームチーズを合わせたものです。無花果は、この地域で採れたものを使っています」

「無花果って、果物の？　この、黒いシナシナが？　……いただきます」

日南多の知る無花果とは、見た目が全然違う。食わず嫌いは勿体ない、がモットーの日南多は、恐る恐る小皿に手を伸ばした。

クラッカーに載せられたドライ無花果とクリームチーズは、数回噛むと絶妙な甘酸っぱさが舌の上に広がる。

「え、うわ……すげ、めちゃうま……」

予想外の美味しさに、思わず素でつぶやいた。

三ツ星レストランのアンティパストにも、引けを取らない。サクサクのクラッカーにも負けない、無花果の種のプチプチした食感がいい。

「果物は、旬の時季はフレッシュな物を食べていただくのが一番ですが、輸送の問題で生の状態ではお届けできないところもありますから。豊作で持て余した際にも、ドライフルーツにしたりジャムに加工すれば無駄にすることがなくなります。こちらも、効率的に商品化できないか模索しているところです」

「どれもこれもめちゃくちゃ美味しいから、東京とかだと少しくらい高くても買い手には困らないと思う。おれなら、絶対に買う」

機嫌よく笑いながら、「マジ最高」とお猪口の酒を喉に流す。酔って気を抜いているせいで雑な言葉遣いになっているが、八太郎は怪訝そうな顔をするでもなく「お世辞でも嬉しいですね」と笑っている。

「いや、本当に」

旅館ではないのだから食事には一切期待していなかったのだが、小梅の夕食も含めてすべてがご馳走だ。

これは、食事代込みの宿泊代金を支払うべきでは……と、日南多はお猪口の地酒を一気に飲み干しながら考える。

「ヒナさん、ここには写真を撮るためにいらしたとお聞きしましたが……それだけのために、わざわざ東京から？　他にも目的があるのでは？　私にできることでしたら、お手伝いしますが」

心地いい酩酊状態でぼんやりとした頭に、八太郎の言葉が流れ込んでくる。

やはり、この人の声は心地いい。聞かれたことに、すべて素直に答えたくなる。

「んー……探し物を、だな。先祖の忘れ物を、取りに来た」

日南多は意図して曖昧な言い方をしたのだが、八太郎は案の定よくわからないという表情で首を捻っている。

「先祖の忘れ物？　ここに？」

「たぶん、このあたりにある。コレと……同じもののはずなんだ」

この男に聞いたところで無駄だろうな、と思いつつ首にかけてある細い銀のチェーンを引っ張り出した。

チェーンと同じ銀色の針金を黒い石に巻きつけたペンダントトップを手のひらに載せ、八太郎に見せる。

「ペンダント？　ですか？」

小さく首を傾げた八太郎に、ペンダントトップの一部を指差してみせた。

自分の目的を、この土地のどこかにいるはずの『敵』に知られるわけにはいかない。この男にもあまり深く語ってはまずいかもしれないが、これくらいならいいだろう。

「石の部分」

針金の繭（まゆ）で守っているのは、光沢のあるつるりとした真っ黒な天然石だ。元々球状だったものが、真ん中から割れて半月型になっているように見える。

宝石と呼ぶには素朴すぎる見た目で、普通の人間には大して価値のあるものとは思えないだろう。

しかし八太郎は、興味を引かれたらしい。立ち上がってテーブルを回り込んでくると、至近距離で日南多の手元を見下ろす。

「これは……安山岩（あんざんがん）、サヌカイトでしょうか。原石からして割れやすい石なので、こんなふうに割れること自体は珍しくないですが……」

日南多は知らなかった石の名前らしきものが、スラスラと八太郎の口から出た。

驚いて、手のひらに載せていたペンダントトップを握り締める。

「この石のこと、知ってんの？　おれ、名前を聞いたのも初めてなんだけどっ」

一瞬で酔いが醒めた。

すぐ隣に座る八太郎の腕を両手で摑み、「知ってることを教えてくれ」と迫る。

勢いよく詰め寄った日南多に対して、八太郎の動揺は一瞬だった。ほんの少し目を見開いただけで、すぐに落ち着きを取り戻す。

「昔から、このあたりの山で採掘されるものです。地域では、魔除けとして使われていて……私も身に着けています」

八太郎は、これまで通りの穏やかな口調でそう答えながら、長めの髪を片手で掬（すく）い上げるようにして自分の右耳を指差した。

息を呑（の）んで八太郎の言葉を聞いていた日南多は、釣られて視線を移し……黒い石のピアスがそこにあることを確かめて、目をしばたたかせる。

「え？　……ピアス？」

シンプルな出で立ちの八太郎は、自身を着飾ることに興味がなさそうだ。

よく見れば整った容姿なのに髪も無造作に伸ばしている感じで、眼鏡も間違いなくブランド物ではない。装飾品とは無縁そうな雰囲気の男なのに、ピアスを身に着けていることが意外だった。

ジッと耳たぶを凝視していると、八太郎がピアスを装着している理由を語ってくれる。

「うちは、代々地域の長のような役割をしていた家系なので、魔除け兼御守りとしてこの石を身に着けるという古い風習を継いでいるんです。指輪にしたり、ネックレスに加工したり……私はうっかり落として失くしそうなので、ピアスにしました。最近は、パワーストーンがなんとか……で地域外にも出回っているんですね。ヒナさんのような都会の若者がアクセサリーにしているのを見ると、嬉しいというか照れくさい感じが……」

静かに語る八太郎の言葉は、ほとんど日南多の耳に入っていなかった。

唐突にもたらされた情報は重大なものなのに、しこたま飲んだ酒のせいで思考が鈍くなっている。

今、八太郎から聞いた中で、一番重要なのは……。

「地域の長？　……ってことは、まさか、いきなりアタリ？」

ぼんやりとつぶやいて、八太郎の耳にある黒い石を見詰める。

事前準備もせず、勢いで家を出てきたので日南多が知っていることは多くない。

でも、八太郎の家が先祖代々地域の長であるのなら、限りなく『アタリ』に近いはず。

そう考えれば、このあたりでも一際立派な屋敷に住んでいることも納得できる。

「ヒナさん？　大丈夫ですか？　お酒を勧めすぎましたか？」

「だ、大丈夫っ。でも、ちょっと眠くなってきたかも」

日南多が黙り込んだせいか、八太郎は心配そうに表情を曇らせて顔を覗き込んできた。

慌てて首を横に振り、「大丈夫」と伝える。

「長旅で、お疲れですよね。ヒナさんとの会話が楽しくて、つい居間に引き留めてしまいました。お休みになってください」

「はい。ここの片づけは……」

「私が簡単にやっておきます」

徳利（とっくり）やお猪口、つまみが盛りつけられた白い皿の並ぶテーブルを指差した日南多に、八太郎は事も無げに言ってうなずいた。

それならば……。

「では、お言葉に甘えて。いろいろ、ありがとうございます。失礼します」

座っていた座布団から立ち上がると、畳に座したままの八太郎に軽く頭を下げた。

八太郎は、下心がない証拠とばかりに「部屋まで送る」と言い出すこともなく、穏やかに笑って日南多を見上げる。

「おやすみなさい」

「……おやすみなさい」

もう一度頭を下げると、そそくさと居間を出る。

宛がわれた客間に向かって長い廊下を歩きながら、八太郎との会話を思い返して整理した。

「この石と同じものを持っていて、代々地域の長で……八太郎って、たぶん『狸』じゃんか。あの様子じゃ、自覚してないのか？　っつーか、代を経て妖力がなくなってるのか？」

だとしたら、丸腰だ。恐れる必要はまったくない。

相手がただの人間なら、日南多にとって敵ではない。あの『お宝』を奪取することなど、赤子の手を捻るより容易いというものだ。

「くくく……めちゃくちゃ簡単に『お宝』を取り戻せるだろ。ジジイをぎゃふんと言わせて、謝らせてやる」

日南多は、大股で廊下を歩きながら足元に向かって独り言を零すと、不気味な笑みを浮かべて客間の襖を開けた。

八太郎が寝入った頃に、家探しだ。『お宝』さえ見つけられれば、こんなところに長居は無用。

朝になれば……いや、小梅の朝食だけいただくことにして、急用ができたとかなんとか言い訳をしてとっととこの地を離れよう。

部屋の電気を点けて、チェーンを摘み上げたペンダントを光に翳す。

針金の繭に護られた半分の黒い石が、キラリと光を弾いた。まるで、故郷に戻ってきたことを喜んでいるみたいだ。

「コレの片割れなんだから、小さいよな。隠すとしたら……金庫とか？　あ、仏壇とか神棚って可能性もあるか」

家探しのポイントに狙いをつけると、スマートフォンを操作して午前一時にアラームを設定する。

腹が満たされている上に酒が入っていることもあり、眠い。仮眠をとって、夜が更けるのを待つことにしよう。

《三》

慎重に足を踏み出したつもりなのだが、ギッと床板の軋む鈍い音が静かな廊下に響く。息を呑み、指先まで動きを止めた日南多は耳に神経を集中させた。

シンと静まり返っている。八太郎の寝室の場所は知らないが、不意に立てた音を不審がり、廊下に出てきた様子はない。

「はぁ……」

詰めていた息を吐き出すと、そろりそろりと廊下を進む。

草木も眠ると言われている、丑三つ時だ。八太郎も日南多ほどではないが地酒を口にしていたことだし、今頃はぐっすりお休みだろう。

ペンダントトップを握り締め、心の中で『おい、片割れの近くに来たら教えろよ』と呼びかける。

それに応えて、都合よく光ってくれたり……するわけがないか。石に期待せず、自力で捜索しなければならないようだ。

風呂を借りる際、通りがかりにあったいくつかの部屋を、こっそり襖の隙間から覗きながら歩いたのだ。

最初に家探しするならここにしようと、狙いをつけていた一室の前で立ち止まり、襖に手をかける。

立派な仏壇を置いてある部屋は、台所の手前……浴室への曲がり角にある、ここのはず。そろりと襖を滑らせて、三十センチほどの隙間から暗い室内を覗き込んだ。

電気を点けることはできない。ただ、白い障子越しに窓の外から月明かりが照らしてくれているおかげで、真っ暗闇にはなっていない。

心の中で「お邪魔します」と挨拶(あいさつ)をしておいて、室内に踏み込む。

足音を立てないようスリッパを履(は)かなかったので、廊下の床板は冷たかった。畳も温かくはないが、冷気の漂う廊下よりはマシだ。

「とりあえず、仏壇の引き出し……か」

壁際にどっかりと鎮座している黒い仏壇は、暗くても立派な細工のものだと見て取れる。罪悪感を薄れさせるための気休め程度に両手を合わせておいて、引き出しに指をかけた。そろそろ引っ張り出すと、ふわりと線香の香りが鼻先をくすぐった。

スマートフォンをライト代わりにして、中を照らす。

「……線香と、ロウソクの箱に……マッチ箱？」

念のため一つずつ箱を開けてみたけれど、入れ物と中身に相違はない。

その下の引き出しは……半分ほど引いて覗き込んだ瞬間、黒い玉がスマートフォンの光を弾いた。

「っ！」

見つけたか？　と、期待に心臓が大きく脈打つ。

胸の奥で心臓が早鐘を打っているのを感じながら、日南多は震えそうになる手を伸ばして黒い石を摘み上げた。

ズルリ……やけに重く、黒い石がいくつも連なっている。日南多の持つ、ペンダントトップの石の片割れとは思えない。

「ただの数珠か」

ガッカリしてつぶやき、摘んでいた石から指を離した。

きっと奴らにとっても『お宝』であるはずのものを、剝き出しの状態で引き出しに突っ込んでおくわけがないのだから、当然と言えば当然だ。

一番下の引き出しを開けると、なにかのお札らしきものが詰め込まれていた。ずいぶんと雑な扱いなので、この下に隠されているという可能性は低い。

「もしここになければ、金庫かなぁ。金庫破りは、さすがに簡単じゃないだろうし……」

どうしたものかと、独り言を零す。

引き出しに手を突っ込んでお札をがさがさ搔き回してみても、指に当たるのは紙の感触だけだ。

「……見つからないか？」

「ないなぁ」

ぼんやりとしていた日南多は、問いかけに無意識に答えて……ピタリと手の動きを止めた。

背後から聞こえてきた声は、誰のものだ？

引き出しに突っ込んでいた手をぎこちなく引き、ゆっくりと振り返る。

閉めていたはずの襖が全開になっていて、廊下との境に人影が見えた。

畳に置いたスマートフォンの光は、そこまで届かない。黒い影のようにしか見えないが……この場面で登場する人物など、あの男しかいないだろう。

「あ、あの……寝惚けた状態でお手洗いに行ったら、迷って……部屋に戻れなくなって」

この状況での言い訳としては、白々しいだろうか。

日南多は、しどろもどろに八太郎らしき人影に向かって語りながら、しゃがみ込んでいた畳から立ち上がる。

あ、そうだ。女の姿で……と。

室内が暗いせいで、視界が不明瞭なのはお互い様のはず。急いで八太郎用の『ヒナさん』に化けると、意図してか弱い声で続けた。

「恥ずかしいんですけど、部屋まで送っていただいてもいいですか?」

八太郎は、最初に短く口にしたきりなにも言わない。表情を確かめることもできないので、この状況をどう捉えているのか推測するのは困難だ。

一歩、二歩と八太郎に歩み寄り……ようやく薄暗い中でも顔が見える距離まで来た。

「そんな薄着で……身体は冷えていませんか?」

日南多を見下ろした八太郎は、眼鏡の向こう側で心配そうに目を細めていた。声の調子も、これまでと変わらない。

「は、はい。大丈夫です」

ホッとした日南多は、心の中で「間抜けなお人好しめ」と悪態をついて、八太郎が開け放している襖から廊下に出た。

ぽつりぽつりと点(とも)された廊下の照明も、オレンジ色にくすんだ心許ないものだ。足元に視線を落として八太郎の後ろを歩きながら、こっそり安堵の息をつく。

……めちゃくちゃ驚いた。心臓に悪い。廊下を歩く足音も、襖を開ける音も聞こえなかった。

声をかけられるまで、気配さえまったく感じなかった。

声……八太郎は、「見つからないか?」とかナントカ言わなかったか? まるで、日南多が家探しをしているかのように。

でも、日南多の苦しい言い訳を信じているように見える。あるいは、信じているように振る舞っているのか？

得体の知れない不気味さを感じた日南多は、視線を上げて浅葱色のパジャマを着込んだ八太郎の背中をジッと見詰めた。

その視線を感じ取ったかのように、八太郎が立ち止まる。

「こちらです」

「あ……ありがとうございました」

違う。日南多の視線を感じたのではなく、目的の客間に到着しただけだったようだ。やはり、ただの鈍感なお人好しなのか？

「ヒナさん？」

日南多がぼんやり立っているせいか、八太郎が不思議そうに名前を呼びかけてきた。

顔を上げ、視線を絡ませた日南多は、コソコソ家探しするより手っ取り早く『お宝』を手に入れる術を思いついた。

「八太郎さん」

そっと右手を伸ばして、手のひらを八太郎の胸の真ん中あたりに押し当てる。

どうして、最初からこの『手』を使わなかったのだろう。夜の闇に紛れた家探しなど、無駄な労力だった。

「あの、ヒナさ……ん」

戸惑いをたっぷりと含んだ声で名前を口にするけれど、日南多の手を振り払おうとはしない。身体を引いて、逃げようとするでもない。

古から色仕掛けは、お手軽でありながら最強のまやかしだ。色欲という本能に訴えられて抗える人間など、まずいない。

特に、この男は見るからに女と縁のなさそうな朴念仁なのだから、少しばかり『イイ夢』を見させれば容易く籠絡できるだろう。

夢見の術など、性別まで本来のものから変える化け術に比べればずっと簡単だ。

「目が冴えてしまいました。八太郎さんがよろしければ、少しお話ししませんか？」

小声で話しかけながら、スッと身を寄せた。

よろめきやがれと微笑を滲ませた日南多の頭上からは、八太郎のあからさまに狼狽えた声が落ちてくる。

「ですが、深夜に異性を……いえ、私は決して不埒なことを考えているわけではありませんがっ。ヒナさんのような美しい人が、そんな無防備に男を信用しては」

「八太郎さんは、美しいと思ってくださっていますか？　ねぇ……こちらを見て、目を合わせてください」

しどろもどろに日南多の行動を窘めようとする八太郎の言葉を遮り、顔を上げる。

明後日の方向へと視線を逃がしている八太郎に、目を合わせろと迫った。日南多を女に見せかけるといった視覚的なまやかしではなく、精神的な術で惑わせるには、視線を合わせなければならない。

こっちを見ろと八太郎の頭に手を伸ばして、背けようとする顔を正面に戻した。ようやく目が合ったけれど、眼鏡が邪魔だ。

「ヒナさ……っ」

焦る八太郎の制止を無視して、眼鏡を外した。薄暗い中で、視線を絡ませた八太郎の瞳が金色に光った……？

妙な錯覚に瞬きを繰り返していると、八太郎の両手がおずおずと背中に回された。

やはり単純な男だ。あっさりと、術にかかりやがった。

ほくそ笑んだ日南多は、軽く身を捩って逃げる素振りを見せる。

逃げられそうになれば、どうとしても追って捕まえたくなるのは雄の本能だ。案の定、日向の背中を抱く八太郎の手に力が込められた。

「ぁ……少し待って。こんな、廊下で」

廊下であることを咎めると、八太郎は無言で襖を開けて客間に入った。

日南多を両腕で抱え上げるようにして部屋の奥へと進み、敷きっ放しにしてあった布団にそっと下ろされた。

「ッ、八太郎さん、意外と性急なんですね」

もっと丁寧に扱いやがれ、焦んなこの童貞が！　と心の中で罵りながら、表面上は困惑したように苦笑して見せる。

奥手そうな八太郎の、予想外の行動力に少しだけ驚いたのだが、動揺を隠して覆いかぶさってくる八太郎を見上げた。

「もっと、そっと触ってください」

目元に落ちている前髪を掻き上げて、八太郎と視線を絡ませる。眼鏡がなくなると、端整な顔立ちが際立つ。

やはり、野暮ったい髪形と服装をしているのが勿体ないくらい素材がいい。自分より体格がいいことも相俟って、なんだか腹が立つ。

「目を逸らさないで……」

絡ませた視線で妖力を伝え……これで、オヤスミだ。ころりと眠って、夢の中でお楽しみになりやがれ。

……と淫夢に落としたつもりなのに、布団に伏せて眠るはずの八太郎は日南多と目を合わせたまま端整な顔を寄せてくる。

「え、あ……れ、ちょ……っ、んんっ?!」

逃げる間もなく唇を塞がれて、ビクリと身体を震わせた。

どうして、術が効いていない？

単純そうに見えて、その実めちゃくちゃ頑固で意志の強い、術のかかりづらいタイプなのか？

焦った日南多は、八太郎の肩に手をかけてジタバタと足を動かした。硬直していた日南多が抵抗を示したせいか、ようやく口づけが解かれる。

「っは、ぁ……の、八太郎さんっ」

着痩せする質（たち）なのか、ひょろりとした長身に見えていた八太郎の肩や腕に触れると、意外とガッシリしていることがわかる。

早々にお眠りになってもらわなければ力負けしそうだと、考えたくもない恐ろしい危機を覚えて、身体を震わせた。

「ええと……違いましたか？　誘われたと思ったのですが」

困ったように眉を下げた八太郎は、肩を押し戻そうとしている日南多の手首を摑み、ジッと見据（みす）えて問いかけてくる。

日南多が誘惑したのは事実なので、違うと即答することができない。

「そっ、そう思われるかもしれませんが、そうではなく……て。あ、八太郎さん……っ、ちょっと待っ……」

待て待て待て。人畜無害そうな見た目に反して、強引だな。

力強く手首を握ってくる大きな手を振り払えない日南多は、とうとう焦りを隠しきれなくなり、足をバタつかせて八太郎の脛を蹴った。

日南多の手を掴んでいた八太郎の動きが止まり、ホッとしたのは一瞬だった。

チッと、低い舌打ちが頭上から落ちてくる。

「イテテ、暴れんなって。往生際が悪ぃんだよ。自分から誘っておきながら怖気づいて、グダグダ言ってんな」

「は……？」

わずかに眉根を寄せた日南多は、恐る恐る視線を上げて八太郎と目を合わせる。

やけに乱暴な言葉遣いだったけれど、まさか八太郎の口から出たものか？

日南多は取り繕うこともできない怪訝な顔で見上げているはずだが、視線を絡ませた八太郎には表情がない。

八太郎がなにを考えているのか読めなくて、アレはやたらと明瞭な空耳だったのかと不可解な思いで目をしばたたかせる。

身動ぎさえできずにいると、八太郎の人差し指がツンと日南多の頬をつついた。

「ははっ、間抜けな顔だな」

出逢ってからずっと、日南多に向けていた温和な笑みではない。あからさまに馬鹿にして、せせら笑うものだ。

予想もしていなかった八太郎の変貌に虚を衝かれて、目を瞠った。言葉もない日南多に、八太郎は唇にうっすらとした笑みを浮かべたまま追い討ちをかける。

「尻尾、見えてんぞ。白狐」

「はぁあああ?」

間違いなく、白狐と言い放った!

慌てて手を上げて頭に触れてみたけれど、耳は……人間のものだ。変化している様子はない。

背中に敷き込む違和感がないのだから、尻尾も出ていないはず。

「な、なに言ってんの? 白狐なんてどこに? 八太郎さんたら、酔いが醒めてない……か、寝惚けているんじゃ」

少しばかり上擦った声になってしまったが、どうにかこの場を切り抜けようと苦しい台詞を絞り出す。

耳も尻尾も、見えるわけがない。日南多を指して『白狐』だなどと指摘する要素は、皆無なはずだ。

「ククク、ビビりすぎじゃないか? 化けの皮が剝がれてるぞ、日南多」

どこの悪役だと突っ込みを入れたいほど意地悪な顔で低く笑った八太郎は、日南多の胸元を無造作に撫で回して「男の身体だな」と鼻を鳴らす。

そのことも大問題だが、それ以上に日南多を驚愕（きょうがく）させたのは最後の一言だった。

「……日南多って言った！」

これだ。

日南多は偽名を名乗り、これまでは八太郎も「ヒナさん」と呼んでいた。本当の名前を知らないはずなのに……今は、当然のように迷いなく「日南多」と口にした！

「ど、して……？　なんなんだよ、あんた」

唖然（あぜん）とした日南多の問いを、八太郎はフンと笑って流す。日南多の疑問に答えることなく、パジャマ代わりのスウェットの裾から手を突っ込んできた。

「ちょ、なに触って……撫で回すなっ」

「なにって、おまえが誘ったんだから最後まで責任を取れよ」

「誘ったけど、誘ってない。そうじゃなくて、エロ夢に落とすつもりだったから……ぁ、なんで術が効かないんだっ。ッ……乳首摘むなぁ！」

八太郎は焦って身動ぎする日南多をものともせずに、スウェットの内側で手を動かし続けている。

傍若無人（ぼうじゃくぶじん）に素肌を撫で回され、指先で皮膚の薄い乳首をギュッと摘まれて、「痛ぇ」と身体を震わせた。

「術、ねぇ。未熟な狐の術なんかに、惑わされるかよ」

「だからっ、なんでおれが狐って……」

自分が、狐族の一員であることを悟られるような言動を取った記憶は、微塵もない。それなのに、八太郎は確信を持った言い回しで日南多を『狐』と呼ぶ。

目を白黒させる日南多に、八太郎はふふんと笑って答えた。

「俺は、目がいいんだ。最初っから見え見えだったぞ。白い尻尾と三角形の狐耳」

「眼鏡っ」

目がいい？　でも、眼鏡をかけていたのだから矛盾していないか？

その眼鏡は、目を合わせて術をかけるのに邪魔になった日南多が外したせいで、今は八太郎の目元にないが……。

戸惑いを露にする日南多に、八太郎は暢気な口調で「眼鏡かぁ」と、つぶやく。

「便利なアイテムだよな。イイ人そうに見えるだろ？　それに、本質を見極めようとする時の俺の目は、普通の人間と少しだけ違うからな。薄い硝子レンズ一枚で、いろいろ隠せてありがたい」

しゃべりながら日南多を見下ろしている八太郎の瞳は、確かに虹彩の色が金色に近いくらい淡いものだ。

眼鏡を外して裸眼の八太郎と視線が絡んだ瞬間、キラリと光ったように感じたのは気のせいではなかったらしい。

「……普通の人間じゃない」

八太郎の顔を指差した日南多は、頭に浮かんだ言葉をそのままつぶやく。直後、八太郎は嫌そうに頬を歪ませた。

「おまえに言われたくねぇよ。化け狸だろっ！　狸だって、自覚してなかったんじゃねーのか！」

そっちの正体は『狸』だろうと、突きつけてやる。

本性はわかっているのだと暴露したことで少しは狼狽えるかと思ったのに、八太郎はスッと目を細めただけで日南多の言葉を受け止めた。

「自覚していたから、なにやら企んでいる狐に用心して『お人好しな田舎の好青年』を装ってたんだろ。葛葉日南多。名前を知ることくらい簡単だ。自分が家探ししているあいだに、俺がおまえの荷物を検める可能性は考えなかったのか？　まんまと引っかかったことといい、おまえが未熟で間抜けなんだよ」

未熟で間抜けだなどと屈辱的な台詞は、聞き捨てならない。一瞬で、カッと頭に血が上った。

日南多は、両手で八太郎の頭を挟み込んで顔を寄せると、金色の瞳を睨みつけた。

「さっきから、未熟未熟って……おれは、三本の尻尾を持つ立派な妖狐なんだからな！　狸ごときに組み敷かれてやるほど、お安くねーんだよ。ちょっと油断していたから押され気味になってたけど、もう遠慮なんかしねぇ。調子に乗るなよ、狸！」

勢いよく言い放つと同時に、覆いかぶさっている八太郎を撥ね飛ばす勢いで身体を起こした……つもりだった。

なのに、八太郎の手で肩を押さえつけられている日南多は、背中を布団から浮かせることもできない。

「怪力め。退けよ。おれの化けの皮を剝がして、気がすんだだろ。こうなったら、正攻法で勝負してやる」

日南多は言葉を切ると、力と体格で負けている悔しさにギリギリと奥歯を噛んで、八太郎を睨みつける。

知っていたと明かしたことで、化かされている振りで日南多を女扱いする理由などなくなったのだから、八太郎もこの状況は不本意なはずだ。

なにも知らずに化かされている人間の振りをして……途中からは、八太郎に術をかけるつもりで上手くいかないことに焦る日南多をからかっていたのかもしれないが、その必要ももうない。

早く退きやがれと睨む日南多に、八太郎は飄々とした笑みを向ける。

「退く？　なんで？　自分で仕掛けておきながら途中で投げ出すなんて、根性なしだな。あ、意気地なしの間違いか？」

馬鹿にした調子で『根性なし』とか『意気地なし』と挑発され、日南多の負けず嫌い根性に着火した。

八太郎が、ニヤニヤと神経を逆撫でする笑みを浮かべていることも腹立たしくてたまらない。日南多は、今にも爆発しそうなイラ立ちをなんとか押しとどめようと、強く拳を握って言い返す。

「……誰が、根性なしの意気地なしだ。狸なんかに負けるもんか」

「ふーん？　その言葉、忘れるなよ。身をもって証明しろ」

日南多の威嚇を軽く受け流した八太郎は、日南多の着ているスウェットを捲り上げて、頭から抜き取る。ただし、腕はスウェットの袖に残したまま頭上に押しつけられ、両腕の自由が利かない。

「なっ、これ……外せよ。卑怯者！」

全力で身体を捩って抗っているつもりなのに、思うように動けない。

日南多の抵抗をよそに、八太郎の右手一つで易々と拘束した両腕を押さえつけられる。その上、もう片方の手がスウェットのズボンのウエストから潜り込んできて、「ひぇっ」と竦み上がった。

「卑怯者か。人聞きが悪いな。作戦だ。か弱い美女に化けて騙そうとした日南多よりは、マシだと思うけど？　路頭に迷いそうな旅人を拾って、飯を食わせてやった上に宿を提供した善良な人間を騙そうとしたのは誰だ」

「ぐ……」

それを言われると、自分を棚に上げて八太郎を責めることができなくなる。

窮地に陥って焦る日南多をどう料理しようかと、楽しんでいることを隠そうともしない酷薄な笑みを滲ませた八太郎を見上げて唸った。

「ううう、性悪狸め」

「恩を仇で返そうとした狐に言われてもなぁ」

またしても、反論不可能な正論を突きつけられる。

八太郎は言葉もない日南多のズボンをずり下げながら、意地の悪い口調で続けた。

「イイ夢を見せてくれるんだったな。それじゃつまらんから、実体で相手しろよ」

「ッ……ぅ」

日南多は、なんでこんなことになったんだ……と奥歯を噛んで、憎たらしいばかりの端整な顔を睨みつけた。

《四》

「う……ん？」

ふと眠りから意識が浮上して目を開けた日南多は、強烈な眩しさに「ぎゃっ」と零して瞼を閉じる。

なに？　どうして、煌々と太陽光が差し込んでいるんだ？

いつも眠る前には遮光ブラインドを下ろしてあるから、目覚めと同時に陽の光に照らされることなどないはずだ。

目を閉じたまま思考を巡らせようとしても、鈍い頭痛が邪魔をする。

眉を顰めて小さく唸っていると、

「やっと起きたか。もうすぐ朝飯だぞ」

笑みを含んだ声でそう言いながらポンと頭に手を置かれて、くしゃくしゃと髪を撫で回された。

日南多が寝坊しているせいで、兄のうちの誰かが起こしに来た……と思ったのだが。

「ん。兄ちゃ……？」

「誰が兄ちゃんだ。甘えんな、ブラコン。それとも、毎朝こうやって兄貴に起こされているのか？」

鼻をギュッと摘まれ、ビクッと身体を震わせた。驚いて瞼を押し上げると、至近距離に見覚えのない男の顔がある。やけに整った容貌だ。

「え、っと？」

窓からの光を遮る形で影を作ってくれているので、眩しさはマシだけど誰だ？　知っている気もするけれど、頭がぼんやりとしていてすぐに出てこない。

そうだ。確か昨日は……。

ぼやけた記憶を掘り起こそうと忙しない瞬きをしている日南多に、「ボケてんなよ」と低く零して苦笑した男の顔が更に近づいてきて……唇を塞がれた。

「ぁっ、んぅ……っ！」

男の正体を思い出した！　そう声を上げかけたところだったので、防御する間もなく舌の侵入を許してしまう。

覚醒しきっていない日南多の抵抗が鈍いのをいいことに、舌を絡みつかせて吸いつき、濡れた音を立てる。

「んんっ、ぅぅ……ッ、っく、ゃ」

バシバシと男の肩を叩いて濃密な口づけから逃れた日南多は、解放された唇を手の甲で拭って大きく息をついた。

「あしゃから、なにす……っ、狸！」

「あしゃって、幼稚園児か？　派手な寝癖をつけてるし」

カーッと顔が熱くなったのは、意図せず舌足らずな言い回しになってしまったせいだ。

日南多の右側頭部を撫でながら、クククッと肩を震わせた男を指差して、

「あんたのせいだよっ」

呂律が回らないのは、誰かさんに起き抜けに散々舌を弄ばれたせいだと反論する。

胸元に突きつけた日南多の指をギュッと握った男は、呆れたように苦笑してとんでもない言葉を投げつけてきた。

「元気だな。遠慮して手加減せずに、最後までやっちまえばよかった。気持ちよくイッて、限界っつって落ちたのは憶えてるか？　自分だけスッキリしやがって。意識のないヤツを相手にするのはつまらんから許してやったが、ずいぶん可愛い寝顔だったぞ」

「し……っ、知るか！」

デリカシーの欠片もない台詞で羞恥を煽られ、瞬時に顔面に血が上った。握られている人差し指を、必死で取り戻す。

憶えている。正確には、思い出した。

この男の手に急所を摑まれた挙句、執拗に弄られて乱れ、もう嫌だと泣きながら懇願し

……意識を飛ばしたのだ。

この男のどこが、朴訥(ぼくとつ)な好青年だ？　優しげだという第一印象が木(こ)っ端微塵(ぱみじん)になる、とんでもない性悪だった。

しかも、本性は……。

「だいたい、なんのつもりだよ狸っ。て……マジで狸族なんだよな？」

寝落ちする直前の出来事が強烈だったせいか、その前にしこたま飲んでいた地酒のせいか、夜の記憶は所々が曖昧だ。

万が一、自分が酔っ払って変な夢を見ていただけなのなら墓穴を掘ったのではないかと不安になり、おずおずと八太郎の胸元を指差す。

「だから、指差してんじゃねーよ。ほんの数時間前の記憶に自信がないとは……狐ってやつは、頭ん中空っぽか？」

嫌そうに日向の手を叩き落とした八太郎は、

「こちら、不在ですかぁ？」

などとふざけた台詞を吐きながら、コンコンと軽くノックするように日南多の頭に拳を打ちつけてくる。

今度は日南多がその手を振り払い、イラ立ちに背中を押されるまま言い返した。

「失礼な男だな！　やっぱり狸……っつーか……頭、痛い。それに、腹減った」

「はぁ……まずは飯だな。話はその後だ」

八太郎は、しゃべっている途中で派手に鳴った日南多の腹の虫に特大のため息をついた。苦笑を浮かべると、日南多の腕を摑んで布団から引っ張り起こす。

「狸の飯なんかっ」

「頭痛は、ただの二日酔いだ。小梅さんの生姜入り特製味噌汁を飲めば、すぐに治る。美味いぞ。いらないのか？」

「う……美味そうじゃねーか。いらないとは言ってない」

敵に飯を施されるなんて御免(ごめん)だ、と突っ撥ねられない自分を少しばかり情けなく思いながら、派手な寝癖がついているらしい右側の髪を撫でつけた。

□□□

このあたりを案内すると言い出した八太郎に素直に従って家を出たのは、家政婦の小梅と桜子がいる八太郎の家では遠慮なく話ができないと思ったせいだ。

田畑が広がる長閑(のどか)な道を八太郎と並んで歩いているけれど、日南多の少し前を歩く八太郎はなにを言うでもない。時おり、農作業をしている地元の住人と挨拶を交わすだけだ。まさかと思うが、すぐ傍にいる日南多の存在を忘れているのではないかと不安になる。

元来大人しい性格ではない日南多は、八太郎の背中を睨みながら無言で歩き続けることに耐えられなくなり、ぽつりと口にした。

「お年でぼやっとしているかもしれない小梅さんはともかく、桜子さんまで普通だったんだけど……」

聞こえなかった振りをして、無視されるかもしれない。

それはそれで別に構わないと思っていたが、日南多の二歩ほど先を歩く八太郎は、チラリと振り向いて言い返してくる。

「ともかくって、なんだ。小梅さんは、八十に手が届く実年齢よりずっと若い脳をしているぞ。おまえのほうがヤバい」

末尾の一言を吐き捨てた八太郎は、鼻で笑って正面に向き直る。日南多はムッとして小走りで追いかけると、八太郎に肩を並べた。

「ヤバいってなんだよ。馬鹿にすんな。だって、おれ……男だぞ。昨日は女だったのに、って変に思わないのかよ」

家政婦の二人は、「おはようございます」とやってきて、八太郎と共に居間にいる日南多にも朝の挨拶をした。

その後は、至って普通に「ヒナさん、卵は目玉焼きとスクランブルとゆで卵、どのようにいたしましょうか」とか、「お洗濯がございましたら、遠慮なくお出しになってくださ い」などと話しかけてきたのだ。

食事中も、「ヒナさん、お代わりはいかがですか？」や、「昼食はどうします？」と笑みを絶やすことなく問うてくるものだから、日南多も戸惑いを押し隠してぽつぽつと返事をしたのだが……。

「あんたの家に泊まった客人は、性別が変わるのが日常茶飯事なのか？　あ、それともおれ、女装か男装の達人だと思われている……とか」

淡々と自分に接していた二人の様子から、どちらであっても不思議ではない。

日南多は大真面目に疑問をぶつけたけれど、足を止めた八太郎は目をしばたたかせて日南多を見下ろし……笑った。

「っ……ははは っ！　面白い発想だな、日南多。どっちもハズレ。そんなわけあるか」

愉快、愉快、と笑いながら手を伸ばしてきて、子供を相手にするかのように頭を撫で回される。

日南多を馬鹿にしているというよりも、本気で面白がっている様子だったけれど、身内以外からの露骨な子ども扱いは嬉しくない。

「やめろ、馬鹿」

頭を撫で続ける八太郎の手を振り払い、八太郎曰く『面白い発想』に辿り着いた理由をぶつけた。

「だって、じゃあなんであんなに普通なんだよ。晩飯の時は女だったのに、朝になったら男になってるっておかしいだろっ？」

八太郎に正体を知られて取り繕う必要がなくなったのと、気がすむまで身体を弄ばれて体力の消耗が激しかったことで、化ける余力がなかったのだ。

半ば開き直って、素の『日南多』で小梅と桜子の前に姿を晒したのだが……あんまりにも平然とされたせいで、日南多のほうが動揺している。

「だから、当のおまえがそれを言うか。俺が追い出すことなく朝食に同席させていたんだから、そういうものだと思ったんだろ」

「そっ、そういうもの？　そんなのでいいのか？」

八太郎は当然のように口にしたが、尋常ではない信頼関係ではないだろうか。八太郎が言うことは、絶対だとでも？

日南多の家にもハウスキーパーはいるが、もっとずっとビジネスライクだ。一般的な雇用主と家政婦の関係とは思えない。

よくわからんとつぶやいて頭を抱えた日南多に、八太郎は簡潔に理由を語る。

「現代でこそ、名目は家政婦だが……先祖代々、蓑山の家に仕えてくれているからな。うちのジジイが生きていた時は、週の半分以上は住み込みだったぞ」

「先祖代々……ってことは、あんたが狸族だって知って……っ」

「黙れ」

頭に浮かんだことをそのまま口にしかけたのだが、眉を顰めた八太郎に無遠慮な仕草で鼻を摘まれたことで封じられた。

「まぁ……周辺で少しばかり不可解な出来事があっても、深読みや詮索をしないのが暗黙のルールだ」

日南多は八太郎の手を叩き落として、「なんだよ」と睨みつける。いちいち距離が近いというか、馴れ馴れしく触ってくる男だ。

「路上だ。デカい声で狸がナントカって妄想を語るな」

「妄想じゃ……」

「ここでする話じゃないっつってんだよ」

八太郎がチラリと視線を向けた先には、手押し車にキャベツを載せて運んでいる初老の男性の姿がある。その向こうには、バケツを持った中年の女性が。

状況を悟って素直に口を噤んだ日南多に、八太郎は満足そうな微笑を滲ませて道の先を指差した。

「おまえが本気だったかどうかは知らないが、この向こうだ」

「なにが？」

「見たかったんだろ？　アサギマダラ」

「あ……」

顔を合わせてすぐの時に語ったことを、憶えているとは思わなかった。それが、なんだろう……なんとなく、嬉しい気がする。予想より日南多をおざなりに扱っていないと、示してくれているようだからか？

気恥ずかしくなった日南多は、奥歯を強く噛むことでうっかり緩みそうになった頰を引き締める。

「……見られるのなら、見たい。写真を撮るのが好きなのは、嘘じゃない」

「わかった。じゃあ案内してやる」

ぽつぽつと答えた日南多を見下ろして、八太郎は真顔でうなずいた。

日南多は、その視線から逃れるようにうつむいて八太郎を追い越すと、大股で歩き出す。

「おい、道を知らないだろ」

呆れたように言いながら後を追ってくる八太郎に、「一本道じゃんか」と返して早足で歩き続ける。

目的地を知らないのに八太郎より先を歩きたいのは、なにかの拍子に顔を見られないようにするためだ。

日南多を翻弄する性格の悪い男なのに、不意に実は結構優しいのではと思わせる言葉を零すのはズルい。

正体が掴みきれなくて、もやもやする。

「このあたりに熊はいないが、猪とマムシは出るぞ。気をつけろよ」

そんなふうに声をかけてくるのだって、油断させておいて日南多を突き落とす罠かもしれないのだから気を抜くな。

唇を引き結んだ日南多は、心の中でそう自分に言い聞かせながら山に続く緩やかな上り坂を進んだ。

「……いない」

山に続く獣道のような坂を、二十分くらいは上っただろうか。

少し開けた場所に出たが、見渡す限り草木の緑だ。目的の蝶はおろか、テントウムシや蠅(はえ)でさえ一匹も見当たらない。

「まぁ、生き物だ。巣があるとか、常にここにいるわけじゃないからな。運とタイミングがよければ、遭遇できる……かもしれない、ってことだ」

「ふーん……自然の蝶々相手だもんな。仕方ないか」

ガッカリしたことを隠して、近くにある大きな岩に腰を下ろす。それと同時に風が吹き抜け、目の前に生い茂る草が大きく揺れた。

「なんだ、もっと我儘を言うかと思ったが、聞き分けがいいじゃないか」

感心したような口調でそう言った八太郎に、「おれは子供か」と顔を顰（しか）めた。

「人間よりはできることが多くても、召喚術みたいな魔法は使えないんだから大人しく待つしかないだろ。……あんただって、そうだろ?」

目の前に立つ八太郎をチラリと見上げて、反応を窺（うかが）う。

日南多を見下ろした八太郎は、ふんと鼻を鳴らして隣に腰かけてきた。頬を引き攣らせた日南多は、反射的に上半身を逃がす。

「もっとあっちに座れよ」

「どこに座ろうが、俺の勝手だ」

大の男が三人は余裕で座れそうな大岩なのに、肩が触れるような距離に座ったのは間違いなくわざとだ。昨夜のアレコレのせいで接触を避けようとする日南多に対する、嫌がらせとしか思えない。

あまりしつこく「あっち行け」と嫌がれば、意識していますと自ら暴露するようなものなので、これ以上文句を言えない。死ぬほど悔しいが、日南多の負けだ。

唇を噛んだ日南多をよそに、八太郎は暢気な口調でつぶやく。

「伝承の狐は、もう少し賢いと聞いていたんだがな」

横目で見遣った八太郎は、日南多が眺めているのと同じあたりの草むらに視線を向けている。その横顔を睨みつけ、低く聞き返した。

「遠回しに、おれが馬鹿だって言ってるのか？」

「……そう察せられないほど、馬鹿ではないのか」

優し気と言えなくもない微笑を滲ませて、日南多に目を向けてくる。

いちいち嫌味な男だ。その笑みさえ、日南多の神経を逆撫でする。けれど、ここで日南多が反論をしたら、話が前へ進まない。

「ッ、ちくしょ」

日南多は眉根を寄せて、喉元までせり上がってきた文句を飲み込む。

せめてもの抗議に八太郎の足元を蹴りつけると、数々の『?』マークを解消するための質問を続けた。

「最初から、おれが狐族だってわかってたって？　完璧に女に化けていたはずだし、耳や尻尾も出してないけど」

どうして正体を見破られたのか、聞いた気もするが納得はしていない。

日南多は、どれだけ目を凝らしても八太郎が『狸』である証を見つけることができないのだ。

　なにか、特別な方法があるのではなかろうか。三本の尻尾を有する妖狐の自分が、この男より能力で劣っているなどと認めたくない。

　秘かな対抗心を向ける日南多に、八太郎はこともなげに言ってのけた。

「フィルターを外したら、ぼんやりとだが……見えるんだよ。白毛の尻尾」

　そう口にした八太郎は、眼鏡をずらして日南多の尻あたりをジッと見据える。

　その視線になんとなく居心地が悪くなり、

「見んな。エッチ」

　ふざけた調子で言いながら少し尻の位置を移動して、八太郎が額に押し上げた眼鏡をもとの位置に戻してやった。

　八太郎は、日南多の言動に苦笑を滲ませただけで受け流す。その余裕な態度に、ムッと唇を引き結んだ。

「狐だってことに驚くでもなく、わざと本拠地である家におれを迎え入れた……って感じだったけど」

「ジイさんから、跡を継ぐ前に聞かされていた。言い伝えの鉄の橋が架かって、数十年だ。いつか狐族が、四国から追い出されたことへの復讐を目論（もくろ）んで乗り込んでくるかもしれない。心身を鍛（きた）えて、備えろってな。おまえの目的がわからなかったんだから、地域で変にウロウロされるよりも俺の目の届くところに置いておいたほうがいい」

鉄の橋。覚えのあるキーワードに、日南多は軽く身を乗り出した。

どれだけ同じものかわからないが、狐族である葛葉家にも伝わる古の文言だ。

「ああ……それは、うちにも伝わってる。憎々しい空海に四国の地を追い出された時、投げつけられた捨て台詞だ。四国に鉄の橋が架かるまで、戻ってくるな……って」

かつて狐族は、狸族と四国で共生していた。ただ、あまりにも悪さをして狸族を困らせるものだから、狸族に嘆願された空海が立会人となって狐族対狸族で真剣勝負をして……悔しいことに、葛葉のご先祖である狐族が負けたらしい。

約束通り、敗れた狐族は四国の地から本州へと追いやられた。

ただし永久追放ではなく、『鉄の橋が架かるまでは戻ってきてはならん』という制限付きだったことは、空海の恩情だったのかもしれない。

……余計なお世話だ。

苦々しく眉を顰め、数百年前のご先祖の身に降りかかった災難に思いを馳せていると、八太郎が空を仰いでつぶやく。

「まさか弘法大師空海も、二十一世紀になれば鉄の橋が三本も架かっているとまでは予想していなかっただろうけどな」

まるで、他人事だ。かつての勝負で自分たち狸族が勝利したことを、鼻にかける様子はない。

あまりにも飄々としているものだから、自分だけが数百年前の出来事を根に持っているのだと恨み言をぶつけられなくなってしまった。

気が抜けた日南多は、小さく笑って同意する。

「はは、確かに。それにおれは、飛行機で四国に渡ったし。鉄の橋は、通ってないんだな。ざまぁみろ、空海」

最後の一言をつけ加えたのは、せめてもの憎まれ口だ。これくらい、可愛いものだろう。日南多はそうして遺恨を嚙み殺したのだが、隣に座っている八太郎は聞き流してくれなかった。

ぽつりと、小声で感想を述べてくる。

「……子供だな」

「うるせー。おれの目的は、わかっただろ。ご先祖のお宝、寄越せよ」

手のひらを上にして「ほら」と右手を差し出した日南多に、八太郎は呆れた顔で言い返してくる。

「ハイそうですか、って差し出すわけがないだろう。そんなに欲しけりゃ、自力で手に入れれば？」

「実力で奪えって？　いいのか？　後で、グダグダ文句を言うなよ」

「ま、見つけられたら……だけどな。おまえの好きにさせてやるから、俺もおまえを好きにさせてもらおう」

「はぁ？　なんでそうなる。っつーか、好きに……ってなんだよ！」

「なんだと思う？」

意味深に聞き返されて、言葉に詰まる。

なんだろう……。深く考えないほうが、自分のためという気がする。

そうして、日南多が思考を放棄しようとしたことを見透かしたかのようなタイミングで、八太郎が親切ぶって答えを寄越した。

「昨夜のこと、忘れてないだろ？　イイ声で鳴いて、エロい顔で誘って……最後は寝落ちとか、最悪な焦らし方をしやがって。お子様な中身はともかく、白狐のルックスは悪くない。いい暇潰しになりそうだ」

八太郎は、意地の悪い意味深な笑みを浮かべてそう言いながら、日南多の首筋を指の腹で撫で下ろす。

「ひゃっ」

ゾクッと背筋を悪寒が這い上がり、大きく身体を震わせた日南多は、反射的に立ち上がって距離を取った。

顔が熱い。唇を嚙んで、八太郎を睨むことしかできない。そんなの憶えていないと言い返そうものなら、詳細に事の次第を語られそうだ。

ぷるぷると身体を震わせる日南多に、八太郎は笑みを消すことなく続けた。

「長丁場になりそうだな。小梅さんに、好物を伝えておけよ」

「こんなとこ、即行でお宝を手に入れてすぐに出て行ってやる！　……一応、飯の好みは伝えておくけど」

「っ、ククク……本当に愉快なヤツだな」

うつむいて楽し気に笑う八太郎は、こうして見れば普通の青年だ。いや、第一印象の通りに、朴訥でお人好しな好青年……。

「いい玩具が転がり込んできた。ヒントをやるからっつって、全裸で庭の池に投げ込んで泳がせてやろうかな」

「誰が玩具だ。気味の悪い計画をわざわざ本人に漏らすなよ、腹黒狸め！」

前言撤回。性悪なドSのセクハラ男だ。

わなわなと拳を震わせる日南多に、八太郎は「ははははっ」と顔を上げ……目の前の草むらを指差した。

「あ、アサギマダラ……」

「マジで？」

「かと思ったけど、ただのアゲハチョウだったわ」

目を輝かせた日南多が、八太郎の指差した方向へぐるりと首を巡らせたと同時に、肩透かしだ。

この性格の悪い男を疑うことなく、素直に反応した自分が憎い。

「っとに、性格悪ぃ……」

唸るように零した日南多は、八太郎から少しでも距離を置こうと背の高い草を掻き分けて歩き出す。

やたらと口の達者なこの男に、弁では勝てそうにない。このまま会話を続けていたら、子供のように癇癪(かんしゃく)を起こして地団太を踏みそうだ。

「あ、日南多。あんまり遠くに行くなよ。迷うぞ。マムシも、脅(おど)しじゃなく本当にいるから気をつけろ」

背中を追ってきた声は、振り向くことなく黙殺してやったけれど、

「聞いてるか、ヒナちゃん。呼んでも戻らなかったら、昼飯の弁当は俺が全部食うからな」

続けられた台詞には、無意識に歩を緩ませた。

藪(やぶ)を歩く日南多からの言葉はなくても、草を掻き分ける音の勢いが落ちたことは、八太郎にもわかったのだろう。

……声を殺して笑っている気配にも、弁当の一言に負けた自分にも腹が立つ。

「誰がヒナちゃんだ」

ボソッと零して、近くにある草を引きちぎって八つ当たりする。身内にしか許していない可愛らしい愛称を、あの男の口から聞きたくない。

八太郎は、完全に日南多を舐めてかかっている。

まぁいい。笑って、今は油断していればいいのだ。

それを逆手に取って『お宝』を手に入れてやるからなと、両手で拳を作って気合いを入れ直した。

《五》

あくびを嚙み殺しながら、洗面所に向かって歩く。春先とはいえ山に囲まれたこの地は都心よりずっと寒くて、スリッパを履き忘れた足の裏が冷たい。

廊下を歩く足音が聞こえたのか、台所から桜子が顔を覗かせた。

「ヒナさん、おはようございます。今日の朝食の卵は、いかがいたしましょうか」

「おはよーございます。んーと、二つ卵の目玉焼き。半熟よりちょっと固めで」

「かしこまりました」

日南多の注文に笑ってうなずくと、忙しそうに引っ込む。

日南多と話しているあいだも包丁の音が途切れなかったのは、祖母の小梅が朝食の準備を進めているからだろう。

起き抜けの日南多とは違い、二人とも完全に仕事モードだ。起床時間は、日南多より二時間近く早いに違いない。とはいえ、ここに来てから五日になるが、日南多は実家にいた時の何倍も早起きになったのだ。

悪友たちとの夜遊びや、家にいてもゲームで夜更かしをすることが多かったせいで、お日様が高くなってからようやくベッドを出る生活だ。こんなふうに、朝食の席に着くこともほとんどなかった。

この山間の地には夜遊びをする場所はないし、寝坊をしていたら「朝飯抜きだぞ」と容赦なく蹴り起こされるのだ。

昼間は、八太郎について田畑が点在する地域を歩いたり小梅たちから頼まれた山菜採りのため山に入ったり。

「なんか、顔色いいな」

バシャバシャと顔を洗い、頭を起こしたところで鏡に目を向けて動きを止めた。

適度な運動をしていることに加え、規則正しい生活を送るようになったおかげか、鏡に映る自分の顔色や髪の毛艶がよくなった気がする。妖力が最大になる、満月が近づいてきたことも一因かもしれないが……。

ジーッと鏡の中の自分と目を合わせていたら、背後から男の声が投げつけられた。

「朝っぱらから自分に見惚れるなよ。それとも鏡に、世界で一番綺麗(きれい)なのは誰だって聞いてんのか？　心配しなくても美人だ」

勢いよく振り向くと、いつからそこにいたのか洗面所の入り口に八太郎が立っている。

パジャマ姿の日南多とは違い、きちんと身支度を整えていた。

「……見惚れてたんじゃねぇ。おれは白雪姫か。美人とか、もう『ヒナさん』じゃないんだから余計なサービスはいらねー」

ムッとして言い返した日南多に、八太郎はニヤリと嫌味な笑みを浮かべた。

「バーカ、美人は褒め言葉だ。捻くれ者。それに、美に固執して鏡を尋問するのは、白雪姫の母親だろ」

日南多がどう答えるか予想していて、最初から揚げ足を取るつもりだったに違いない。爽やかな朝なのに、気分が悪い。

「じゃあ言い直す。白雪姫の母親でもないっ。だいたい、あんたに美人とか言われても、褒められた気がしねぇ。……どけよ」

タオルで顔を拭いて回れ右をした日南多は、洗面所の出入り口を巨体で塞いでいる八太郎の前で足を止めて睨み上げた。

百七十五センチの日南多に対して、八太郎はプラス十センチほど。見上げる角度が腹立たしい。

無言で対峙していると、不意に大きな手が伸びてきてペタペタと頬に触れられた。反射的に身体を引こうとしたけれど、左腕で腰を引き寄せられて逃げられない。

「なんだよ」

八太郎を相手に、怯んでいると思われるのは悔しい。

虚勢を張っていると悟られないように、眉根を寄せて精いっぱい威嚇した。

「最初に顔を合わせた時より、肌艶がよくなったな。髪も……触り心地がいい。栄養が行き渡った証拠か」

右手で日南多の顔や髪を無遠慮に触りながら、つい先ほど自身でも感じていたことを指摘される。

眉間の皺を解いた日南多は、「そりゃぁ」と口を開いた。

「小梅さんの飯、美味いんだもん。桜子さんのシチューとかパエリアももちろん美味いけど、小梅さんの和食がすげー好き。高級料亭のお上品な料理とは方向性の違う、絶品の田舎料理ってやつ？」

一流の料理人が極上の食材や器を使って振る舞う会席料理は、日南多にとって幼少期から珍しいものではなかった。ただ、箸をつける順番や器の蓋を置く位置まで細かな作法があり、習うことに一生懸命で食に集中することができなかったのだ。

でも、小梅の作る料理は素材の味や形がそのままで、自然な美味しさがある。特殊な調味料を使っているわけでもなく、塩や醤油、味噌にいりこやかつおの出汁といったシンプルな味付けで、飽きることなくいくらでも食べられる。

ぽつぽつと、照れながら小梅の料理を褒める日南多に、八太郎は珍しく含むところのない笑顔を見せた。

「おまえは好き嫌いなく気持ちよく食うから、腕の振るい甲斐があるって小梅さん嬉しそ

うだったぞ。意外と素直だし、馬鹿だけど人懐っこくて物怖じしない……年寄りに可愛がられるタイプだよな。汚れ仕事から逃げなかったのには、驚いた」

視線を泳がせた八太郎は、昨日のことを思い浮かべているに違いない。

用水路の点検をするという八太郎と畦道を歩いている時に、畑仕事をしていた老人に手伝いを頼まれてレタス畑に入ったのだ。泥だらけになって慣れない農作業に奮闘する日南多を、意外そうに見ていた。

「馬鹿は余計だ。それに、意外と素直ってなんだよ。おれは子供の頃から、天使のように可愛いって言われてたんだぞ」

「……兄貴たちに？」

尋ねてきた八太郎の顔が、近い。腰を抱き寄せられたままだった。

いつの間にか長い両腕に抱き込まれた状態になっていることに気づいて眉を顰め、八太郎の腕を外して逃げる。

「まぁ、そうだけど。そういや八太郎って、おれの家族構成を知ってんの？　いつの間に調べたんだよ」

「事前に、ある程度は狐族のことを把握していた。いつ乗り込まれても、それなりに応対できるように……と備えてたんだが、まさか間抜けな末っ子が単身のこのこやってくるとは。侮られたもんだな。迎え撃つ俺にとっては、なにかと好都合だったが」

これ見よがしなため息をつかれて、頭に血が上る。

間抜けな末っ子だなどと、侮っているのはどちらだ。

「仕方ないだろ。勢いで飛び出してきたから、予備知識を仕入れる余裕なんてなかったし。場所だけはなんとなくわかってたから、現地に着けばなんとかなるかなー……って」

勢いよく反論していたけれど、語尾にいくにつれて声が小さくなってしまう。始まりからして、無鉄砲だと言われても仕方がない。

それに、こうして八太郎に正体を暴かれて、傍から見れば敵と馴れ合っている現状は……間抜けかもしれない。

「声が聞こえなくなったぞ」

「う、うるせーっ」

愉快そうに笑いながら頬をつつかれて、八太郎の人差し指を叩き落とす。

日南多より八つも年上だというのに、大人げない。毎度、巧みに日南多の神経を逆撫でする男だ。

それとも、受け流せない自分が悪いのだろうか。

「ともかく、終わりよければすべてよし。お宝を手に入れて戻ったら、昼行灯とか言いやがったジジイもおれを見直すはずなんだ」

祖父のことを思い浮かべた途端、気がついた。方向性は異なるが、祖父も八太郎と同じくらい日南多の感情を波立たせる存在だ。

日南多にひたすら甘い兄たちや父とは違い、行儀作法も含めてなにかと厳しかった。

「……昼行灯か。なるほど。で、逆ギレして見返してやるってって、衝動的に乗り込んできたわけだ」

日南多がポロリと零した一言を拾い、的確な分析をされてしまう。

それはあまりにも的を射た推理で、日南多が言い返すことのできる部分はたったの一ヵ所だった。

「衝動的に、じゃない。伝説の『お宝』を手に入れれば尻尾も増えて、妖力もアップするかもしれなくて……すごい計画だろ！」

「あー、すごいすごい」

冷めた目をして棒読みで言いながら、パチパチと手を叩かれる。睨み上げた八太郎の目は、それのどこが計画だと日南多を馬鹿にしているものだ。

「ううう、おれは」

更に言葉を重ねようとした瞬間、グゥと腹の虫が盛大に鳴いた。口を噤んだ日南多に、八太郎は呆れたような目をして笑う。

「飯にするか。今朝の味噌汁は、茄子と油揚げだ。好きだろ、狐は」

「……嫌いじゃない」

決めつけた言い方をされるのは悔しいが、実際に油揚げは好物だ。否定して、食べさせてもらえなかったら悲しいと思うほど……。

洗面所の出入り口を塞いでいた八太郎は、飯にするかという言葉通りに場を収めることにしたらしく、日南多に背を向けて廊下を歩き出した。

突っ立ったままその背中を睨みつけた日南多は、ぽつりとつぶやく。

「本当に、最初っからわかってたんだな」

初日の夜、シンプルな油揚げ料理に感動して「美味い」と目を輝かせる日南多を、「いくらでもどうぞ」と笑って見ていた八太郎は、既に正体を把握していたということか。

意地悪なことをするでもなく、たらふく食べさせてくれたのは……女の振りをしていた日南多に、自分の正体を明かしていなかったせいか？

互いに取り繕うことをやめた今は、性格が悪い男だと思うことは多々ある。それでも、好物を取り上げられたり山中に置き去りにされたりすることはなく、それなりに節度を保った意地悪のような気が……。

日南多をからかうばかりの八太郎の本質が、まるで見えない。心の底でなにを考えているのかも読めなくて、もどかしい。

「日南多？　突っ立ってどうした。いらないのか、朝食」

日南多が洗面所から出てこないことに気づいたのか、足を止めた八太郎が振り向いて手招きをしてくる。

八太郎のことを考えていたせいか、その仕草がやけに親し気なものに見えて、心臓が奇妙に脈打った。

「食うよっ。着替えてくから」

八太郎から目を逸らすと、大股で足を踏み出す。

わざと足音を立てて廊下を歩き、客間に駆け込む日南多を、八太郎は苦笑して見送ったに違いない。

日南多は八太郎のことをまだほとんどわからないのに、八太郎は日南多のことをよく知っている気がするのは不公平では。

日南多も、八太郎のことをもっとよく知れば……。

「知って、どうする?」

ふとつぶやいて、パジャマ代わりのスウェットを脱ぎかけていた手の動きを止める。

八太郎の……敵である狸族のことなど、知る必要があるのか?

日南多の目的はペンダントの片割れである伝説の『お宝』で、それさえ手に入れられればここにいる理由はない。

分捕(ぶんど)った『お宝』を手に退散して、八太郎とも二度と会うことはない。

「いや、取り返すために追いかけてくる、だろ。……よな?」

自分に言い聞かせるようにわざと大きな声で言うと、止めていた手の動きを再開させた。

さっさと着替えて、朝食を食べよう。

いつになく変なことをグダグダと考えてしまうのは、きっと腹が減っているせいだ。

大急ぎで薄手のセーターとデニムパンツに着替えた日南多は、思考を振り払っていい匂いの漂う居間を目指した。

「味噌汁の匂い、最っ高。いただきます！」

朝食の準備が整えられたテーブルを前にして歓声を上げ、座布団に座ると同時に両手を合わせた。

「騒々しい。小学生か」

落ち着きのない日南多を、八太郎はいつも通りの呆れたような目で見ていたが、……それでいい。

らしくないことを考えて思考の糸を混線させかけるのは、日南多だけで十分だ。

□□□

「んー……あっつい。……暑い」

寝苦しいような気温ではないはずなのに、身体が火照って目が覚めた。布団から手足を突き出しても、まだ暑い。

嘆息した日南多は、もぞもぞと布団を抜け出して畳に転がった。ひんやりとした畳が、心地いい。それでも再び眠りに落ちることはできなくて、深夜にもかかわらずぼんやりとした白い光を放つ窓に這い寄る。

やけに眠りが浅いと思ったら……。

「満月だ」

窓の障子を開けて夜空を見上げた日南多は、煌々とした月光を浴びてブルっと身体を震わせた。

ここに来て、七日目。初めての満月を迎えた。

満月の光は、妖狐……狐族である日南多の内に眠る妖力を、増幅させる。

小説や映画では狼男が満月を見て姿を変えるというけれど、それらがすべて創作というわけでもない。

月の光に本性を誘い出されるという点では、根底が普通の人間ではない日南多にとっても同じことだ。

「んー……ここだと、特に月の光が強烈な気がするなぁ。なんか、開放感が……」

都心では林立している、背の高いビルに月の形が遮られることもないし、月光を乏しく感じさせるネオンも存在しない。

そのせいか、山や田畑といった自然に囲まれたこの地だと、いつになく月の光の力を強烈に感じる。

「気持ちいい」

窓を開け放したまま大きく伸びをして、月光を浴びることによって妖力が身体中を巡る心地よさに酔う。

心身を満たす妖力は、酒よりずっと快い酩酊感を日南多にもたらす。

狐のものである耳も尻尾も気持ちよく解放して、獣の虹彩の形になっているはずの瞳で満月を見詰める。

「ん……尻尾、毛繕いをしておくか」

スウェットのズボンをずらして、ふさふさとした自慢の尻尾を撫でたけれど、指が毛に引っかかる。細い毛がところどころ縺れていることに顔を曇らせて、ばさりと尻尾全体を振った。

ブラシは……ここにはない。洗面所だ。

「面倒だけど、仕方ないな」

一度縺れが気になってしまうと、放置しておくことができない。

久々の、満月による解放感は格別だ。どうせ朝まで尻尾を仕舞うつもりはないのだから、ついでにブラッシングをしようと客間を出た。

元々日南多はただの人間より夜目が利くけれど、妖力が最大になる満月とその前後は特に動物的な能力が冴え渡る。

わずかな光でも危なげなく歩くことができるし、聴力も通常時の数倍に高まっているはずだ。

だから、常夜灯さえ消えている真っ暗な廊下を歩きながら、閉じた襖の向こうの異質な空気に気づくことができた。

「……っ」

廊下の真ん中で足を止めて、ピタリと閉められた襖を凝視する。襖越しにもかかわらず、肌がビリビリするほどの妖気が漏れ出ていた。

ここは……八太郎の部屋だ。

覗くな。気づかなかったことにして、無視しろ！　という本能の警告を、厄介な好奇心が凌駕した。

好奇心は猫を殺すという諺が頭の中を駆け巡ったけれど、「おれは猫じゃないし」と追い払って衝動に従う。

コクンと喉を鳴らした日南多は、気配を殺して襖に手を伸ばす。ドクドクと心臓が激しく脈打ち、異様な妖気を間近に感じる高揚に鳥肌が立った。

指先の震えは、武者震いというものだろうか。

音を立てないよう、細心の注意を払ってそろりそろりと襖を開き、十センチほどの隙間から暗い部屋の中を覗く。

電気を点けていないようなのに明るいのは、日南多と同じように、窓を全開にして月光浴をしているから……か？

月の光がやけに眩しくて、廊下の暗さとの落差に即座に順応できず、目の前が白くハレーションを起こす。

眉を顰めて数回目の瞬きをした直後、細く開けていた襖がなんの前触れもなく全開になった。

「ッ！」

心臓が止まるかと思うほど、驚いた！

声もなく硬直した日南多だったが、力強く腕を摑まれて室内に引っ張り込まれる。足が縺れて転びそうになったけれど、ふらついた身体を危なげなく抱き留められた。

日南多が体当たりしても、ビクともしない長身は……。

「覗きか。家探しもだが……いい趣味だ」

感情を押し殺したような低い声にはほとんど抑揚がなくて、なにを思っているのか伝わってこない。

日南多をからかう時の軽い口調でもないし、呆れたような笑みを含む声でもない。

八太郎の真意は読めないが、気迫に圧されて怯んでいると思われるのは悔しくて、普段と変わらない調子を意識して言い返した。

「趣味ってわけじゃ、ないけど。だって、あまりにも強烈な妖気が漏れてたから……気になるだろっ」

覗き見の言い訳をしながら顔を上げて、八太郎と目を合わせる。見上げた相手は八太郎であることに間違いないのに、違和感が尋常ではなくて息を呑んだ。

頭上から降ってきた声は、確かに八太郎のものだった。密着した時の体格差や見上げる角度も、憶えのあるものだ。

ただ……眼鏡越しではない金色の瞳はこれまで数回しか見たことのないものだし、なにより髪を掻き分けて生えている『耳』が、日南多の視線を釘付けにした。

「八太郎……み、耳。化け狸だ！」

思わず八太郎の耳を指差して、妖怪を見てしまったと目を瞠る。

自分たち狐族以外の半妖怪は、存在は知っていても目の当たりにするのは初めてだ。

表情にも驚愕が表れているはずの日南多に、八太郎は眉根を寄せて「うるせぇぞ」と低く唸る。

「聴力が研ぎ澄まされてんだから、デカい声を出すな。それを言うなら、おまえだって化け狐だろうが」

ピンと指先で頭上の耳を弾かれて、「痛いだろっ」と文句をぶつける。

確かに、今の自分は狐耳を隠していない。もちろん、尻尾も出したままだ。

でも、八太郎の丸い耳は自分の三角形の白い耳とは異なる形状で、色も焦げ茶色と黒色が混じった見慣れないものだ。

八太郎が化け狸の血統であることを知っていたつもりだが、その証拠を目前に突きつけられると驚かずにはいられない。

「た、狸の耳……初めて見た」

八太郎の頭上を見上げて、呆然とつぶやいた。日南多の驚きようがおかしいのか、八太郎はクッと低く笑って身体を捻る。

「尻尾もあるぞ」

背中からチラリと覗いた尻尾は、間違いなく狸のものだ！

色といい、ずんぐりとしたフォルムといい……現物を見るのは初めてでも、自分たちと明らかに違うことは間違いない。

「うわ、すげぇ。マジで化け狸だ！」

「……だから、おまえに言われてもな」

呆れたように苦笑した八太郎は、日南多の知っている青年だ。つい先ほど感じた鳥肌が立つような妖気は、今はもう纏って（まと）いない。

「おまえこそ、化け狐だな。満月に誘われたか」

マジマジとこちらを見下ろした八太郎は、指先で日南多の耳に触れ、尻のあたりを覗き込んでくる。

満月の力に本能を呼び覚まされたのは、お互い様だ。

「八太郎もだろ。っつーか、馴れ馴れしく触んな」

耳の裏側を指先で引っかかれると、くすぐったい。

狸耳に目を見開いた日南多と同じく八太郎にとっては狐耳が珍しいのか、しつこく弄り続けている大きな手を払い除ける。

緩く眉を顰めて不満そうな顔で手を引いた八太郎は、上半身を乗り出すようにして更に距離を詰めてきた。

「ちょ……、うわっ。尻尾。握るなぁっ！」

無遠慮な手つきで尻尾を握られて、身体を震わせる。八太郎の肩を押し戻そうとしても、憎たらしいほど立派な図体はビクともしない。

日南多の抵抗など物の数に入らないとばかりに、左手で身体を抱き寄せて逃げられないように拘束すると、右手で尻尾を探っている。

「んー……本当に尻尾が三本あるのか？　昨日までは、一本しか見えていなかったんだけどなぁ」

不思議そうに言いながら、三つに分かれた尻尾のつけ根を指の腹でまさぐられた。

その瞬間、ぞわりと背筋を悪寒が這い上がって、日南多はビクビクと全身を震わせた。

「やめろ、それっ。満月だからっ、妖力がＭＡＸなんだ。普段から三本も尻尾を生やしていたら邪魔だろっ」

「なるほど。妖力が全開の時にだけ、本来の姿……三尾の狐ってわけか。道理で、耳も立派なサイズなわけだ。毛もふかふかで……悪くない手触りだな」

「悪くない、とはなんだ。おれの毛は、一族でも最高って評判なんだぞ。狸ごときが気安く触れるものじゃない……ッ」

精いっぱいの悪態をついていたのに、尻尾のつけ根を摑む指先にギュッと力を入れられると、声が上擦ってしまう。

日南多は、力いっぱい身体を捩って逃げようとしている。その抵抗が些細なもののように、容易く押さえ込まれていることに焦りが募った。

「白毛の狐は、珍しいんだろ？」

「最近は、死んだ母さん、と……おれだけっ。白毛は短命なことが多いからって、兄貴たちは過保護で……でも、妖力を鍛えて尻尾が三本になったから、もう大丈……夫」

狸なんかに、聞かれるまま答えるな。

頭の隅に残った冷静な部分がそう苦言を呈しているのに、黙殺することができない。八太郎の声が、見えない糸を引いているかのように日南多から言葉を引き出す。

「ふーん。それはなによりだ。だから、誕生日は盛大に祝うってか」

「まぁ、ガキの頃はそこそこ盛大だったかも。めでたいからな。なんで八太郎がそんなこと知ってんだよ」

誕生日を盛大に祝うなど、身内か親しい友人知人しか知らないことのはずだ。

怪訝に思って尋ねると、ふんと鼻で笑われる。

「甘やかされて育ったようだから、そんなことだろうと思った」

「チッ、鎌をかけただけか」

舌打ちをして、八太郎から目を逸らす。

やたらと勘のいい八太郎も憎たらしいが、簡単に引っかかった自分自身がなにより腹立たしい。

「……さっきからハアハアしているが、もしかしてここは狐の性感帯ってやつか？」

「ひぁ！」

三本の尻尾の分岐点に、指を挟み込むようにして根本を軽く握られ……ガクリと膝の力が抜けた。

不意打ちの刺激に驚き、立っていられなくて畳に膝をつきそうになった身体を、掬い上げるようにして抱き留められる。

「おっと、アタリか」

「な……っ、な、にすっ」

誰にも、そんなふうに触られたことなどない。ビリビリと身体中に電気が流されたみたいで、八太郎にしがみつく手が震える。

「ここ、触られたら気持ちいいんだろ？　ほら……こうやって」

ふっと笑う気配に続き、にぎにぎ……と微妙に力加減を変化させながら、指の股で尻尾のつけ根を刺激される。

八太郎の腕の中で身を強張らせた日南多は、グッと息を詰めた。肌がざわつき、どんどん上昇する身体の熱に戸惑う。

「ゃ、ゃ……めろ、って！　ヤダ、変態！」

身体の中心に熱が集まり、尻尾のつけ根からは痺れるような快さが湧き上がる。

自分の身体なのに、なにがどうなっているのかわからない。

八太郎の手が悪い。

全部、その指のせいだと八太郎の肩に頭突きをして、気を抜けば飲み込まれそうになる波に抗う。

動揺を隠せない日南多とは逆に、八太郎は平静を保った声で言い返してきた。

「人聞きが悪いな。尻尾を弄る俺が変態なら、尻尾を握られて勃起させてるおまえも変態だろうが」

そう言い放つと、日南多の腿のあいだに自分の膝を割り込ませてくる。

股間に腿を押しつけられ、違うと言い逃れ不可能な状態に反応していることを否応もなく知らしめられた。

押し上げてくる八太郎の太腿、硬い筋肉の感触に熱を煽られる。

こんなふうに翻弄されるなど、あり得ない。悔しいのに、思うように身体が動かないせいで逃れられない。

握られた尻尾……と、八太郎の太腿に擦られている前と。

どちらにより吐息を乱されているのか、あやふやになる。

このままではとんでもない醜態を晒すことになると予想がつくのに、八太郎の肩に縋りつくように身を寄せてしまう。

「っ、ぅ……化け狸の、術か？」

逃げたいのか密着したいのか、背反する心身と困惑に泣きそうになりながら、これほど八太郎に翻弄される事態に陥った理由を求めた。

狸族に、狐族の自分たちが抗えない秘術が伝わっている。そのせいで、逃げられないのだと言ってほしい。

「そうだ、って言えよ。頼むから。じゃないと、おれ……変だ」

絞り出した声は無様(ぶざま)にかすれて震え、半べそ状態になっているかもしれない。

妙な術に惑わされたのでもなければ……自分がどこかおかしくなったのではないかと、怖くなる。

意地を手放した日南多が屈辱を堪えて懇願したのに、八太郎から返ってきたのは素っ気ない一言だった。

「さぁな」

「そん、な……、ァ！」

肯定も否定もしない生殺しは、ひどいだろう……と。

抗議の声は、喉の奥に引っかかって中途半端に途切れた。

日南多の尻尾を握る八太郎の手が、明確な意図を感じさせる動きをしたせいで言葉にならず、あとは……奥歯を噛んで身を硬くする。

ダメだ。下手にしゃべろうとしたら、どれだけみっともない声を零すかわからない。

頭を八太郎の肩に押しつけ、奥歯を噛んで声が漏れるのを防いで、ただひたすら時が過ぎるのを待つ。

そんな日南多の努力を、八太郎は、

「つまんないだろ。顔を見せないなら、せめて声を聞かせろ」

大きなため息と、不満そうな口調で一蹴した。

右手は尻尾のつけ根を握ったまま、左手で日南多の顎を掴むと、容赦なく親指を口腔に突っ込んでくる。

「んぐ……ぅ」

「ほら、どっちがいい？　尻尾？　こっちも、さっきから俺の足に擦りつけてきてるけど……完勃ちだな」

「ふ、っ……ン、ぅ……ぅ」

腹側も背中側も、どちらもこれまで経験したことのない快楽に覆われている。

甘い痺れに支配された、下半身の感覚がない。

きちんと自分の足で立っているのか、八太郎に抱えられて立っているつもりになっているだけなのか、それさえ曖昧で……思考が白く霞む。

「ヒナ？　日南多。やせ我慢しても、いいことは一つもないぞ。苦しいだろ？　素直に言えたら、気持ちよく解放させてやる」

クスクスと笑いながら、やけに甘ったるい声でそう口にした八太郎は、日南多に銜えさせていた親指を引き抜いた。

睨みつけた日南多に、意地の悪い笑みを浮かべて「ん？」と返事を促してくる。

「だ、れが……素直に、な……ッんか」

本当は苦しい。全身が熱くて、吐息が喉を焼くようだ。

でも……八太郎に言われるまま、屈するのは悔しい。

頭の中では「馬鹿。意地っ張り」と別の自分の声が響いているけれど、ここで折れるわけにはいかない。

涙の幕が張った目で睨み上げた日南多に、八太郎はキラリと金色の瞳を輝かせたように見えた。

「ふ……いいな、日南多。やっぱりおまえは、最高だ。ますます、イジメて……泣かせてやりたくなる」

恐ろしく楽し気な笑みを浮かべると、右手だけでなく左手も日南多の尻尾のつけ根を摑んでくる。

右手はこれまでと同じように尻尾の分かれ目を刺激して、左手は……尻尾の更に奥、双丘の狭間(はざま)を滑り落ち、とんでもないところに触れてきた。

「ッ、なに……ゃ、だ。馬鹿、変態！　ぁ……あっ、ぁ……ッ！」

そんなところに触ってどうする気だと、言葉にすることはできなかった。前触れなく長い指を一本、後孔に突き入れられて目を見開く。

尻尾を弄る動きにも手加減がなくなり、屹立(きつりつ)は太腿でグリグリと刺激され……どれが一番快楽を高めているのか、あやふやになる。

惑乱に陥った日南多は、「やだやだやだ」と半べそで繰り返して、八太郎の肩に額を押し当てた。

「やじゃないだろ。本当に、やめてほしいか？」

そんな言葉と同時に、ピタリとすべての動きが止められる。

中途半端に放置された身体に熱が滞り、潤む目をしばたたかせた日南多は、荒い息をつきながらブルブルと肩を震わせた。

「ッ、ひど」

この状態で放り出すのは、あんまりだと八太郎の肩に頭突きをした。

それも、ほとんど力が入っていないせいで、甘えるようにすり寄せるだけの状態だったのだが……。

「じゃあ、可愛くイかせてくださいって言ってみな？」

尻尾をキュッと摑まれて、後孔に突き入れられた指を意図せず締めつけた。ジンジンと痺れるような熱と快さが、どこから生まれているのか……もうわからない。

「ここ……こっちも、イイだろ？　ガチガチになったやつ、自分で押しつけてきてるぞ」

「知らね……っ」

八太郎の太腿に腰を押しつけていることは、自覚していないわけではない。ただ、認め

POSTCARD

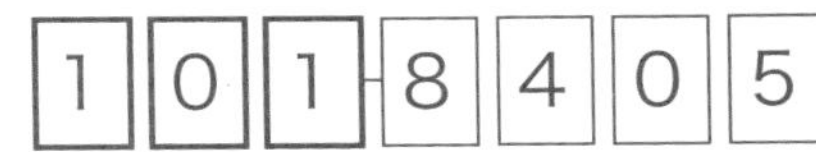

東京都千代田区
神田三崎町2-18-11

二見書房
シャレード文庫愛読者 係

通販ご希望の方は、書籍リストをお送りしますのでお手数をおかけしてしまい恐縮ではございますが、**03-3515-2311までお電話くださいませ。**

＜ご住所＞

＜お名前＞ 様

＊誤送を防止するためアパート・マンション名は詳しくご記入ください。
＊これより下は発送の際には使用しません。

TEL	職業／学年
年齢　　代	お買い上げ書店

Charade 愛読者アンケート

この本を何でお知りになりましたか？

1. 店頭　2. WEB（　　　　　）　3. その他（　　　　　　　　　　）

この本をお買い上げになった理由を教えてください（複数回答可）。

1. 作家が好きだから（小説家・イラストレーター・漫画家）

2. カバーが気に入ったから　3. 内容紹介を見て

4. その他（　　　　　　　　　　　　　　　　　　　）

読みたいジャンルやカップリングはありますか？

最近読んで面白かったBL作品と作家名、その理由を教えてください（他社作品可）。

お読みいただいたご感想、またはご意見、ご要望をお聞かせください。

作品タイトル：

ご協力ありがとうございました。

お送りいただいたご感想がメルマガに掲載となった場合、オリジナルグッズをプレゼントいたします。

たくないだけだ。

「頑張るなぁ。っつっても、もう限界っぽいけど……な」

素直に言えば終わりだと促しつつ尻尾を摑む指に力が込められて、つけ根の分かれ目部分を爪先で軽く引っ掻かれる。

悪寒に似た震えが、瞬時に背筋を這い上がった。

八太郎の指に与えられる緩やかな刺激に耐えられなくなり、とうとう意地を手放した。

「も……、っイきた……。もう、無理……イク、イ……ッ！」

目の前が白く弾けて、ビクビクと身体を強張らせる。

ふらつく身体をしっかりと抱き留める長い腕は心強く、意地も矜持も投げ出して縋りつきたくなるけれど……ギリギリで、厚みのある肩を摑むのみにとどめた。

ようやく与えられた快楽は、とてつもない解放感を伴っていて、麻薬のように日南多の全身に浸透した。

耳の奥で激しい動悸を感じながら荒い息を繰り返していると、ポンポンと軽く背中を叩かれる。

「お疲れさん」

ふざけた台詞に、呆けていた頭が一瞬で現実感を取り戻した。広い背中を拳で叩いて、離しやがれと訴える。

ふっと身体に絡みついていた腕が離れていき、唐突に解放された日南多は畳にへたり込んだ。

目の前に立った八太郎が、微笑を滲ませて見下ろしてくる。

「パンツの中、ぐしょぐしょだろ。脱がしてやろうか」

「っの……余計なお世話だ、ドS狸が。狸の腹は、白いんじゃないのか？」

とんでもない腹黒狸だと毒を吐いたつもりでも、この状況では迫力など皆無だとわかっている。

案の定、八太郎は笑みを消すことなく日南多の頭を撫で回してきた。

「黒くはないな。今度、見せてやろっか。……乱れる白狐をご馳走様でした」

「黙れ、変態め。よく……よくも、あんなこと……」

身体を弄られたことは、初めてではない。

悪趣味な八太郎は、深夜に家探しを目論む日南多の首根っこを捕まえては、「お仕置き」と称してセクハラを仕掛けてくるのだ。

なにより、この家にやってきた最初の晩、家探し中に見つかり……女の振りをして誘惑しようとした結果、失敗して返り討ちに遭った屈辱を忘れてはいない。

好青年だと思っていたのに百八十度豹変した八太郎は、悔しいから本人には言っていないが、怖かった。

でも、こんなに身体中を弄り回されたのは今回が初めてだ。

「あんなこと？　って、どんな？」

「尻尾に、尻……っ、言わせんな馬鹿！」

憤る日南多を見下ろす八太郎の、意地悪で楽しそうな表情に気づいて、途中で言葉を引っ込めた。

文句は無数にあるが、冷静とは言い難い今はやめておいたほうがよさそうだ。とりあえず、この男の前から逃げ出して……不貞寝だ。

「あれ、日南多？　……シャワーを浴びたほうがいいんじゃないか？」

なんとか立ち上がり、よろよろと廊下に向かう日南多の背を、飄々とした八太郎の声が追いかけてくる。

きっとこれも、日南多を振り向かせる作戦だ。反応すれば八太郎の思う壺で、無反応が一番だろう。

そう頭ではわかっているのに、

「ヒナちゃん？　ふらついてるけど、風呂まで抱いてってやろうか」

そんな、ふざけた台詞を聞き流すことができなかった。

振り返りたい衝動をかろうじて堪えて、ボソッと言い返す。

「ヒナちゃんって呼ぶな」

捨て台詞がコレでは、あまりにも情けないと自覚しているけれど、他に言葉が出てこなかったのだ。

唇を嚙んだ日南多は、廊下に出て手荒く襖を閉めた。

両手で拳を握ってブルブルと震わせながら、よろよろと廊下を歩く。遠吠えでもして発散したいほどのイラ立ちを抱えたまま、浴室に向かった。

遠吠えを思いとどまったのは、そんなことをすれば日南多の一挙手一投足を面白がる八太郎を喜ばせるだけだと、わかっていたからだ。

それくらいの学習能力は、兄たちからは「よく言えば素直」と、性格の悪い八太郎曰く「単細胞」な日南多にも備わっている。

《六》

……疲れた。足の裏が痛い。

大きく息をついて日南多が立ち止まった瞬間、後頭部にも目があるのではないかと疑いたくなるタイミングで八太郎が振り向いた。

「日南多、バテてるか？　歩くのが遅くなったぞ」

「まっ、まだまだ」

平然としている八太郎に、疲れたから休憩したいと弱音を吐くのが悔しくて、左肩に掛けたカメラケースの紐を摑むと歩みを再開させる。

写真を撮りたいから、いいスポットがあれば教えてくれと八太郎に頼んだのは日南多だ。でも、こんな……山歩きをさせられるとは思わなかった。

雑談をする余力がなくて無言で歩き続けていると、パンツの尻ポケットに突っ込んであるスマートフォンから着信音が流れた。

緑豊かな山中に響き渡る賑(にぎ)やかな電子音は、なんとも不似合いだ。

設定してある音楽で相手が誰かわかっている日南多は、スマートフォンを手にするでもなく山道を歩き続ける。

一度音が止み、再び鳴り出したところで二メートルほど前を歩く八太郎が振り返った。

「鳴ってるぞ」

「知ってる。誰かわかってるから、放っておいていい」

電話に出たとして、なにを言われるか予想がついている。

言い合いになるのは面倒だし、すぐ傍にいる八太郎に子供じみたやり取りを聞かれるのは御免だ。

山道に張り出した太い木の根を踏んだまま日南多の顔をジッと見詰めた八太郎は、淡々とした口調で尋ねてきた。

「……都合の悪い相手か？」

「都合っていうか……相手をしたくないだけ」

ふいっと顔を背けて「この話は終わりだ」と態度で表したのに、八太郎はいつになく執拗に問い詰めてくる。

「東京に残してきた女とか？　ヤリ捨てして、ストーキングされてんじゃないだろうな。めちゃくちゃしつこいぞ」

鳴り続けるスマートフォンの音が不快だと、八太郎の眉間に刻まれた不機嫌そうな縦皺が語っている。

　ムッとした日南多は、スマートフォンを取り出して『拒否』をタップする。邪魔な着信音が鳴らないようにしておいて、八太郎に言い返した。

「おれは極悪人かよっ。相手は兄貴だ。どこにいるんだとかすぐに帰ってこいとか、めんどくせーから出ないだけ！」

「なんだ。ブラコンか」

　はっと小さく笑われ、顔を歪める。

　いい年をして兄弟でベタベタしているのかと馬鹿にされているのはわかっているが、否定できなかった。

　世間から見れば、日南多を手放しで可愛がる四人の兄たちも、拒否しようとしても突っ撥ねきれないでいる日南多も、俗に言うブラコンに違いない。

「過保護なんだよ。もう二十歳を過ぎてんのに、いつまでもガキ扱いして。日南多は、なにもしなくていい……とか。バイトするっつったら、小遣いがいるのなら必要な時にいつでも言えばいいとか」

　兄たちは、日南多を温室で育てているつもりなのだろう。まるで、外の空気に触れれば枯れてしまう貴重な花みたいだ。

　無菌栽培をしている気になっているかもしれないが、こっそり自宅を抜け出して夜遊びもするし飲酒も喫煙も異性との交遊も経験済みだ。煙草(たばこ)だけは、どうしても美味しいと思えなくて一度きりでやめたが……。

ぼそぼそと口にする日南多に、八太郎は「ふん？」と意外そうに首を傾げる。

「……ラッキー、って甘えてるんじゃないのか？」

唇を噛んだ日南多は、反射的に八太郎を睨み上げた。

元々の身長差に加えて傾斜した山道の上側に立っていることもあり、いつもより仰ぎ見なければならない。

喉を大きく反らす体勢が苦しくて、それもイラ立ちを加速させる。

「ジジイと同じことを言うなっ。ホテル経営を任されている兄貴が人手不足だって話してたから、おれがやろうかって立候補したら、日南多はそんなことを考えなくていいとか……日南多には無理だとか。どうせ、おれは役立たずなんだろうけど……はじめからできないって決めつけられるのは、悔しい」

兄たちに、悪気はないことはわかっている。早世した母親に容姿も体質も似ていて、子供の頃は身体が丈夫ではなかったこともあり、日南多を必要以上に『護らなければならない存在』だと認識しているのだ。

日南多を甘やかそうとする四人の兄は、それが日南多のためだと思っているのかもしれないけれど、身体が丈夫になり無事に成人もした今となっては、なにもできないだろうと侮られているように感じる。

「なるほど。年齢的には少し遅めだが、お坊ちゃんの思春期……反抗期か」

「……調べてたって、どこまで葛葉の家のことを知ってんだよ」

お坊ちゃんという一言は、揶揄(やゆ)ではなく事実を述べている口調だ。日南多は闇雲に反発するのではなく、冷静に受け止めて八太郎の出方を待った。

「ある程度は。アミューズメント施設に、富裕層対象に特化した高級旅館に、ビジネスホテルグループ。最近は、輸送関係や漁協と提携して漁港直送を売りにした寿司屋とか料亭経営なんかにも手を広げているな。狐の商才は、素直に見事だと認める」

スラスラと語る八太郎に、日南多は言葉もなく目を瞠った。

驚くほど詳しく、『葛葉グループ』の事業を知っている。もしかして、日南多よりも経営状態について把握しているのではないだろうか。

だからこそ、『お坊ちゃん』呼ばわりされたのだろう。

「恵まれてる、ってわかってるよ。でも、写真を撮りたいって言ったら分不相応な機能が満載の高級デジタルカメラを買い与えられて、野良猫の写真一つでもべた褒めされるんだぞ。専門学校とかで勉強したいって言っても、それならプロのカメラマンに習えばいいって勝手に家庭教師を手配しようとするし……写真展を開くなら、どこそこのギャラリーがいいとか、おれを無視して兄貴たちだけで盛り上がるし。そんなの、おれは頼んでないのに！」

一気に吐き出して、ゼイゼイと肩で息をした。

日南多が言葉を切ったことで、山に静寂が戻る。

視線を落とした足元には、未舗装の道に短い草が生えていて小さな虫が歩いている。風が吹き抜けると、木々の葉擦れの音が響いた。

風に吹かれて乱れた前髪が目元に影を作り、軽く頭を振って視界を遮る髪を払う。

そうして少し冷静になると、八太郎を相手になにを言っているのだと……急に恥ずかしさが込み上げてきて、ガリガリと右手で自分の頭を掻いた。

うつむく日南多の頭上から、八太郎の声が落ちてくる。

「意外と繊細だな。当然の権利だって胸を張って甘えていれば、もっと楽だろうに」

揶揄されたと受け取った日南多は、カッと顔面が熱くなるのを感じた。

「っとに、無神経だな！　そんなにおれが、甘ったれの馬鹿に見えるのかよ！」

そう吐き出した日南多は、八太郎の脇を抜けて山道を駆け上がる。八太郎の前に立っていることが、やけに恥ずかしくなった。

「待て、日南多。危ないから山道を走るな」

「……放っておけよ。ガキじゃないんだから、転んだりしねーよっ」

背中を追いかけてきた八太郎の声を振り払い、息を切らせて小道を上っていく。踏み締めた足の裏から、ジャリジャリと小石混じりの土の感触が伝わってくる。アスファルトで舗装されていない道は慣れなくて、何度か足を滑らせそうになった。

「川……か」

木々に囲まれていた小道を抜け、視界が明るくなったと思ったら幅が三メートルほどの小さな川が流れていた。

流れる水の深さは、日南多の膝下くらいだろう。ささやかな水量のせいか、橋と呼べるほど立派なものはない。川の中に数ヵ所置かれた大きな石に、木の板が載せられただけの足場があるのみだ。

これを渡るのか？ 板が割れたりせず、無事に向こう側へ渡れるのか？

川岸で躊躇(ためら)っていると、背後から八太郎の声が聞こえてきた。

「日南多！ そのあたりは慣れないと危ないんだ」

「うわ、追いかけてきた」

日頃から山歩きをしている八太郎が日南多を追うことなど、造作もないのだろう。

近くまで来ているとわかる音量の八太郎の声にビクリと肩を震わせて、川に向かって足を踏み出す。

一歩目、右足はきちんと板に足を載せられたけれど……左足を踏み出した瞬間、板に置いていた右足の裏が滑った。

「うわっ、わ……ッ」

「馬鹿、日南多！」

八太郎の怒声が聞こえたと同時に、後ろから頭を抱えられたことだけは、なんとなくわかった。

反射的にギュッと目を閉じたせいで、それから自分がどうなったのかは知らない。

派手な水音が上がり、下半身を中心とした衝撃と痛みに襲われる。身体の半分が浸かった水の冷たさを感じたのは、ずいぶんと時間が経ってからだった。

「おい、無事か？　どこか痛いところは？」

驚きのあまりピクリとも動くことができず、声も出ない。

そうして硬直しているせいか、日南多を背後から両腕の中に抱えた八太郎が、緊張を帯びた硬い声で尋ねてくる。

強く抱き締められる感触に硬直が解け、ようやく手足を動かすことができた。

「あ……や、たぶんへーキ。冷たい……」

川底にぶつけたのか、膝や尻あたりが痛いのは痛いが、このくらいならただの打撲だ。

それより、川の水が冷たいとつぶやく。

「痛いより冷たいって感じる程度なら、大丈夫そうだな。……狐のくせに、鈍くせぇ」

「う、うるせーなっ。おれは、都会育ちなんだよ」

耳のすぐ傍で、低く笑いながら鈍くさいと言われた日南多は、勢いよく立ち上がって八太郎を見下ろした。

「なんで、助けたり……。おれのことなんか見捨てて、放っておけばよかったのに」

「捻くれた言い方、してんじゃねーよ。おまえの見た目は気に入ってるからな。見捨てたせいで傷物になったら、後悔する」

見た目は気に入っている。傷物になったら、後悔する。

抑揚の乏しい口調で低く返してきた八太郎の言葉に、日南多は濡れたシャツの胸元をギュッと握った。

どうして、心臓がズキズキと痛むように感じるのだろう。自分がどんな答えを期待していたのか、わからない。

「お気に入りの玩具に傷がつくのは、許せないって？」

つぶやきは自分が思うより頼りない響きになってしまい、ギュッと唇を噛む。

八太郎は顔を上げることもなく、小さくため息をついた。呆れた、と言わんばかりの態度に胸の痛みが増す。

日南多を庇って一緒に転んだ弾みで、眼鏡を川に落としてしまったようだ。素顔の八太郎は、川の中に座り込んだまま動こうとしない。

日南多を見上げるでもなく、身体を起こしかけ……わずかに眉を顰めて右手を振った。

「……八太郎？　な、なに。どうかしたのか？　右手、痛い？」

ドクンと心臓が大きく脈打ち、日南多は慌てて八太郎の前に膝をついた。つい先ほどまで胸の中に渦巻いていたモヤモヤは、一瞬で吹き飛んだ。

水が大きく撥ねて顔にまで飛んできたけれど、そんなことに構っていられない。無言の八太郎に、ますます焦燥（しょうそう）感が募る。

「ど、どうしよう。折れたりしてたら……。救急車……じゃなくて、山を下りるのが先だ。歩けるか？　動けないなら、おれが背負ってやるから！」

八太郎の右手に触るのも怖くて、おろおろと両手をさ迷わせる。

救急車を呼ぶにも、まずはここから動かなければならないだろうと、八太郎を背負う決意をして背中を向ける。

背後から、八太郎の腕が肩に載せられて……。

「っ、くっくっくっ……すげぇ慌てよう。折れてる感じはないから、大丈夫だ。泣きそうな顔で心配してくれるなんて……もしかして俺、愛されてる？」

笑いを含んだ声でそう言いながら、背中にズシリと伸し掛かられる。

普段通りの、日南多をからかう口調だ。

深刻な事態に陥っているのではないかと冷や汗をかいていた日南多は、カーッと頭に血が上るのを感じた。

「なんだよ、演技か？　重……っ、なんともないなら退けっ！　化け狸じゃなくて、コナキジジイに種族替えする気か！」

背中に体重をかけてくる八太郎を振り払い、しゃがみ込んでいた川から立ち上がる。

本気で心配したのに……と憤る日南多の言葉を、川の中から拾い上げた眼鏡をかけた八太郎は「すまんすまん」と軽く受け流しながら立った。

「右手首が痛むのは嘘じゃない。捻ったかな。……ヒナちゃんは、馬鹿だけどいい子だな。さっきの繊細っつったのも、からかったつもりはなかったんだが……」

「からかわれてるとしか思えねーって」

頭を撫でられて、勢いよく八太郎の左手を叩き落とした。

こんなヤツに、背を向けるのではなかった。川の中に放置していきたい。

更に文句を続けようとした瞬間、強い風が吹き抜けて日南多は大きく肩を震わせた。

「さ、寒い」

「……風邪をひきそうだな。帰って、風呂と着替えだ。そこ……石が苔むしてるから、また滑るぞ」

手を引かれて、川から岸へと誘導される。もう川の中に転ぶのは懲り懲りなので、八太郎の手を撥ねのけられない。

「あ……スマホがご臨終かなぁ」

パンツの尻ポケットに突っ込んでいたスマートフォンは、防水仕様ではない。確かめてみないことにはなんとも言えないが、使用不可能になっている可能性が高い。

はぁ……と肩を落とした日南多に、八太郎がポツリとつぶやいた。

「でも、そっちはきちんと守ってるみたいだな。……不本意っぽく言ってたけど、大事なんだろ」

「え？　あ、カメラ……」

肩に引っかけていたカメラケースは、外側に水滴がついているようではあるが水没はしていない。

足の裏が滑った時、咄嗟に左手を上げてカメラを庇ったような気がする。

そのせいで、無防備に川に身体を投げ出しそうになり……八太郎が背後から抱えてくれなかったら、日南多こそ手首を捻るどころではない大怪我をしていたかもしれない。

八太郎は身を挺して助けてくれたのに、日南多はからかわれたことに反発するばかりで、謝罪もお礼もきちんと告げていなかった。

「あの、ごめん。……ありがと。ホントは、すげー大切にしてる」

ようやくそのことに気がついて、今更かと怒られる覚悟で口にする。

うつむく日南多の髪を、八太郎の手がぐしゃぐしゃと手荒に撫で回した。

「知ってるよ。おまえは甘ったれかもしれないが、家族の愛情を捻くれて受け止める馬鹿じゃないもんな。イラ立つのも、なんとか兄貴たちの役に立ちたいのに、自分だけ蚊帳(かや)の外に置かれているみたいでもどかしいんだろ」

蚊帳の外に置かれているみたいで、もどかしい？

ストンと腑に落ちた。

何年も抱えていながら、上手く言い表すことのできなかった日南多のモヤモヤを、八太郎はそんなふうに呆気なく形にしてしまった。

驚きのあまり言葉を失う日南多に、八太郎は静かに続ける。

「咄嗟に庇ったのは、おまえが目の前で傷つくのを許せなかった俺のためだって言っただろ。反抗する日南多はイジメて泣かせてやりたくなるけど、素直なヒナちゃんは可愛いな」

八太郎の言っていることは、ついさっきとほぼ同じだ。でも、今の日南多には『お気に入りの玩具が傷物になるのが嫌だった』とは、聞こえなかった。

まるで、日南多自身が大事だから……と告げられたみたいだ。

「まさかっ。っつーか、いつまで撫で回してんだ」

触り心地を気に入っているというのは、本当らしい。どさくさに紛れて日南多の髪を掻き乱し続けている八太郎の手を、「やめろ」と払い除けた。

髪を撫でられる感触の余韻を振り切りたくて頭を左右に振ると、湿った髪が頬を叩いて冷たい。

「動くか」

右手が痛くて絞ることができないのか、八太郎は着ていたシャツを脱いでバサバサと振ることで水を飛ばしている。

左手の動きを止め、「あんまり変わらん」とぼやいて再びシャツを着込みながら、日南多を振り返った。

「日が落ちる前に山を下りるぞ」

「う、うん」

日南多はコクコクとうなずいて、八太郎の後について歩き出す。

寒い……けど、八太郎の腕の中は温かかった。

大きな背中を見詰め、長い腕にすっぽりと抱き込まれた時のぬくもりを思い出すと、心臓がまたしてもドクドクと鼓動を速める。

「あんたが悪い」

シャツが濡れているせいで、肌が透けている。その背中の真ん中を睨みながら、前を行く八太郎に聞こえないよう小声で苦情をぶつけた。

八太郎のせいで、心臓が変だ。

いつも日南多を玩具扱いするくせに、優しいと勘違いするようなことをするから……調子が狂う。

不本意なように零していながら、大事なのだろうと言い当てられたカメラを、両手で握り締める。

いつもは単純だと笑っているくせに、素直なところが可愛いだなんて、家族以外に言われたのは初めてだ。

鼓動が速くなった理由は？

まるで、八太郎に可愛いと言われたことを喜んでいるみたいな……。

「いやいやいや、それはナイ」

浮上しかけた恐ろしい可能性を頭から追い出したくて、大股で山道を下る。

いい暇潰しになるとか、反応がいいとか。

日南多を意地悪くからかうばかりの腹黒狸に懐きそうになっているなんて、絶対に認めるものか。

《七》

八太郎の家のどこかにあるはずの『お宝』は、なかなか見つからない。隠していそうなところも、もう探し尽くしてしまったのではないだろうか。

気がつけば、この山間の集落に来てから半月が経っていた。

八太郎について近所を回り、農作業の手伝いをしたり珍しい昆虫や草花の写真を撮ったりしているうちに日が暮れる。

夜中に隙を見て家探しをしては、気配を察した八太郎に首根っこを捕まえられて『お仕置き』をされる。

そんな暮らしに、いつしかすっかり馴染んでしまった。最近では、農作業の手伝いをした老夫婦の自宅で昼食をご馳走になることもある。

「ヒナちゃん、家で搗（つ）いた餅を持ってきたから食べるかね？　餡子（あんこ）は好きかい」

「あんころ餅、大好き！　すげー嬉しい」

日南多は、すっかり顔見知りになった老婦人と談笑しながら軍手を脱ぐ。

朝食後から数時間、手伝いをしていた苺の農業用ハウスから出た直後、

「ああっ！　ヒナちゃん、いた！」

聞き覚えのある声に愛称で呼びかけられ、反射的に振り向いた。そこに立つスーツ姿の長身を目に留めて、頰を引き攣らせる。

田畑に囲まれたこの場所に出現した、ブランド物のスーツを身に着けた男の存在は、ハッキリ言って浮きまくっている。

「げっ、ユウ兄ちゃん」

狭い農道のど真ん中に停めた黒いＳＵＶの脇にいるのは、すぐ上の兄、勇多朗だ。日南多とは一番年が近いとはいえ、五つ離れているせいで未だに子供扱いしてくるので、頻繁に言い合いになってしまう。

「なんで、スマホの電源をずっと落としているんだよ。その前にＧＰＳで位置がわかってたからよかったけど、心配しただろ」

どうして居場所が正確にわかったのかと不思議になったが、スマートフォンの電波を捜索されたらしい。

「スマホ……水没しちゃったんだ。元気でやってるから心配しなくていいって、連絡はしてあっただろ」

「どこでなにをしているのか書かれていなかったし、それから何日も連絡がつかないんだから心配になって当然だろう」

怖い顔でそう言った勇多朗に反論できなくなり、「そうだけど」と口籠る。

行き先を誰にも言わずに黙って飛び出したのだから、家出してきたのと変わらない。元々『お宝』を手にするまで帰るつもりはなかったのだから、いつ帰るのか尋ねられても答えられなかったのだ。

「ヒナちゃん、お兄さんかい。都会の人はカッコいいねぇ。じゃあこれ、お兄さんと一緒にどうぞ。手伝ってくれてありがとね」

「あ……うん。こちらこそ、ありがと」

日南多と勇多朗のやり取りを見ていた老婦人は、にこにこと笑って日南多にタッパーウエアを手渡した。

半透明の蓋(ふた)から、大きな丸い餅が透けて見えている。

状況がよくわからないせいで怪訝そうな顔で軽く会釈した勇多朗にうなずいて、黒い車の脇を通り抜けていった。

「なに、この車」

「空港のところで借りたレンタカーだ。とんでもない僻地にいるのが、わかってたからな。ヒナは、どうやってここまで来た？」

「……汽車」

車を横目で見ながらぽつぽつと話していたが、不意に両手で肩を摑まれる。

なにかと思えば、勇多朗が怖い顔をして日南多を見下ろしていた。

「ここって、……ヤツの本拠地だろう。ジイさんに、日南多はご先祖の『お宝』を取り戻すって啖呵(たんか)を切って出て行ったと聞いたが、なにがどうなって一人で乗り込んできた？」

大きな声で『狸族』と言えないのか、眉を顰めてここにいる経緯を問い質される。勇多朗も、ここが『狸族』の地であることは知っているらしい。

「ジイちゃんの言ったまんまだよ。『お宝』を取り返す。それまで帰らねーから」

「なに馬鹿なことを……だいたい、今どうやって」

勇多朗は驚きを隠そうともせず声を荒らげると、日南多の肩を摑む手にググッと力が込めてくる。

痛い……と眉を顰めたところで、車の向こうから声をかけられた。

「日南多？　なにかあったか？」

「あ……や」

八太郎、と。名前を呼びかけて言葉を飲み込んだ。

勇多朗は、ほぼなにも知らずに乗り込んできた日南多よりは、狸族に関する知識を持っているはずだ。名前も知っているかもしれない。

何故か、八太郎のことは隠さなければ……と咄嗟に警戒したのだ。

「あなたは……？　日南多、どなただ。私は、日南多の兄です」

返答に迷い、目を泳がせる日南多をよそに、当の八太郎が素知らぬ顔で答えてしまう。

「お兄さんでしたか。私は、蓑山八太郎と申します。このあたり一帯の、青年会を取りまとめている者でして……農業体験をしたいと訪ねてこられた日南多くんに、ホームステイしてもらっています」

「ん、蓑山？……日南多ッ」

勇多朗は、初対面の日南多が騙された、温和でお人好しそうな猫をかぶった八太郎の台詞に目を瞠った。

肩を抱かれて回れ右をすると、八太郎に背中を向ける体勢になる。

「この土地に住む蓑山って、まさかと思うが『狸』じゃないのか？　そんなヤツの家にホームステイだと？」

険しい顔でこそこそと尋ねられ、日南多は頭をフル回転させてこの場を収めることのできる言い訳を捻り出す。

「あ……う、うん。本人は、狸族の末裔だって知らないみたいなんだ。えーと……農業体験を言い訳に、身の回りを探って……『お宝』を探しているところ。だからっ、変に思われることを言うなよっ？」

「でも、危険だろう。そんな……」

「アレを見て、危険だって思う？」

チラリと八太郎に目を向けた日南多の視線を追った勇多朗は、小声で「間抜けそうだな」とつぶやいた。

お人好しを装った八太郎の姿は、今の日南多にとって好都合だ。

「あのー……昼食に戻らない日南多くんを呼びに来たんですが、よければお兄さんもご一緒にいかがですか？」

「たぬ……っ、いや、突然押しかけてはご迷惑だから、結構です。社用の途中でして、あまり時間もないことですし……。日南多。やっぱりまだ帰る気はないのか？」

勇多朗は言葉を濁したが、「狸の飯など食えるか」と引き攣った頬に大きく書かれているみたいだ。

八太郎から目を逸らして日南多に話しかけてきた勇多朗に、日南多は顔を背けることで拒否を示した。

「やりかけのことを、途中で投げ出すのは嫌だ」

そんな言い回しで、『お宝』を手に入れるまで帰る気はないと伝える。

困った顔をした勇多朗に、日南多は改めて自分の意志が固いことを告げた。

「無駄足になったのは悪いけど、おれを連れ帰ろうって計画は諦めてよ。別に、一生ここにいるつもりじゃないし……目的を果たしたら帰るって言ってんだから。おれだって、もう子供じゃないんだから大丈夫だよ」

「でも、ヒナちゃん」

「ユウ兄こそ、こんなところで遊んでて大丈夫なのか？　春先に新しくオープンするホテルが三つあって、忙しいんじゃなかったっけ。おれなんかに構ってる時間は、ないだろ」

勇多朗は、葛葉グループが展開するビジネスホテル部門の役員に名を連ねているはずだ。いずれは、勇多朗が組織のトップに立つべく修業をしている。

弟に構っている暇などないだろうという日南多の指摘に、「う」と言葉に詰まって、コホンと空咳（からせき）をした。

「日南多に会うことだけが目的で、ここまで来たわけじゃない。四国にオープンするホテルの視察ついでだ。明日の十七時発の飛行機で、東京に帰る。日南多の航空券を用意して、ギリギリまで空港で待ってるからな。スマホがなくても、俺の番号はわかるだろ。気が変わったら、いつでも連絡するんだぞ」

「う……ん」

真剣な顔でそう言いながら両手をギュッと握られて、渋々うなずいた。

兄が純粋に自分を心配してくれていることは、日南多にもきちんと伝わっている。だから、強固に突っ撥ねられない。

「じゃ、俺は行くけど……蓑山さん、日南多をよろしくお願いします」

スーツのポケットから車のキーを取り出した勇多朗は、それまで存在を忘れているかのように見向きもしなかった八太郎に声をかける。

頼んでいるというよりも、強い視線は脅しをかけているみたいだ。

八太郎は、敵意にまったく勘づいていないようなほわんとした笑みを浮かべて、勇多朗に笑いかけた。

「ええ。日南多くんは、よく働くいい子ですから地域の皆さんにも大変可愛がられています。若者が少ないので、助かっていますよ」

「……そうですか。日南多、気をつけろよ」

勇多朗と八太郎のやり取りは、互いが『狐族』と『狸族』という遺恨のある間柄だと知らなければ、至って普通の大人の会話だ。

交わす視線にかすかな火花が散っているように見えるのは、日南多がすべてを把握しているせいだろう。

勇多朗は日南多に向き直り、未練がましく言葉を続ける。

「目的が果たせなくても、来月の頭には一旦帰ってこい。……親父やシン兄たちもヤキモキしていたが、ジイさんも『日南多に強く言いすぎたか』ってコッソリ落ち込んでいたぞ」

「……うん」

甘やかすばかりの身内において、唯一と言っていいほど日南多に厳しい顔を見せる祖父だが、根っこの部分ではやはり甘いのだと誰もが知っている。

もちろん、日南多自身もわかっているから、周りに誰もいない時は意図して思いきり祖父に甘えるのだ。

その際の笑顔は、自分だけが知っているものに違いない。

「じゃあ……無理するなよ、日南多」

「わかってるって。ユウ兄も、気をつけて」

あまり時間がないのは本当なのか、車に乗り込んだ勇多朗はすぐさまエンジンを始動させて発進させる。

田舎道にそぐわない大型のSUVは、あっという間に加速して小さくなり、見えなくなった。

静けさを取り戻した農道にホッとする間もなく、八太郎に「日南多」と名前を呼ばれた。

「視線で喧嘩(けんか)を売ってきたあのブラコンは、おまえを連れ戻しに来たんだろう？　帰りたくなったんじゃないのか」

隣に立つ八太郎を、横目で見上げる。

勇多朗を前にしてかぶっていた猫を早々に脱ぎ捨て、すっかりいつもの尊大な佇(たたず)まいとしゃべり方だ。

「すげー変わり身。兄貴にも、帰らないって言っただろ。まだ『お宝』を見つけてないんだから、手ぶらで帰れるか。あんたは、兄貴におれを引き取ってもらったほうがよかったかもしれないけどさっ」

八太郎の口から聞かされるのが嫌だから、先手を打って「厄介払いに失敗したな」と笑って見せる。

足元に視線を落とした頬が引き攣っていたかもしれないが、視線の位置が高い八太郎にはわからないはずだ。

「おまえはなにかと厄介だけど、邪魔だとは言ってないだろう。地域のジジババが孫みたいなおまえに手伝ってもらって楽しそうなのは本当のことだし、おまえがいなくなったら……静かで、つまらんだろうな」

さり気ない言葉だったけれど、日南多の心臓は大きく脈打つ。

まるで、八太郎が日南多を手放したくないと……そう言われているみたいだ。ドキドキする心臓の意味はわからないが、「いなくなればせいせいする」と言われていたら沈み込んでいたことだけは間違いない。

なにも言えずに緩みそうになる頬をなんとか引き締めていると、八太郎が淡々と言葉を続けた。

「それに、ここで尻尾を巻いて逃げ帰ればおまえの負けが決定だな。御大師様も、『これだから狐は』っつって空の上で高笑いだろうよ」

「……むっかつくな。覚悟してろ。絶対に、『お宝』を奪ってやるからな！」

八太郎が、いつもの調子で揶揄してくれて助かった。声を出すことで、不自然な心臓の脈動を誤魔化すことができた。

日南多の宣言に、八太郎は散々家探ししてもまだ見つけられていないだろうと嘲笑うことなく、頬を緩める。

「はいはい、せいぜい頑張れ。無事に『お宝』とやらを見つけられたら、報告しろよ。狐にとって、それほど重要なものがうちにあるのか……興味深い」

「すっとぼけんなよ。狸族にとっても、『お宝』なんだろ。だから、必死で探しても見つかんないところに大事に隠されていて……うぅ、悔しい」

どうして見つけられないのだと、地団駄を踏みたくなる。あまりにも子供じみているとわかっているから、やらないが。

「まぁ、とりあえず……昼飯にするか。桜子さんが、デミグラスソースのオムライスを作るって言ってたぞ。リクエストしたんだろ？」

ポンと頭に手を置かれながらそう言われて、腹の虫が「グゥ」と返事をした。

あまりにも素直な反応がおかしかったのか、クックッと笑いながら日南多の髪を撫で回す八太郎の手を払い除ける。

「そうだった。桜子さん、お願いを聞いてくれたんだ」

「じゃあ、まぁ……帰るぞ」

くるりと背中を向けて農道を歩き出した八太郎の後を、小走りで追いかける。

自然と「帰る」と口にする八太郎も、それを受け止める自分にも、なんとなくくすぐったい気分になる。

「あ、そうだ。苺農家のばあちゃん、あんころ餅くれたんだった。おやつに食う?」

「おー……春子ばあさんの餅、美味いんだよなぁ」

日南多が差し出したタッパーウェアを見下ろして笑う八太郎に、またしても心臓がズキズキする。

よく働くいい子ですから、地域の皆さんにも大変可愛がられています……とか。若者が少ないので助かっていますよ、とか。

勇多朗に向けたあの言葉は、口から出まかせなのだろうか。それとも、少しくらいは本音で語ってくれた?

改めて聞きたいけれど、答えが「本気にするなバーカ」だったら際限なく凹みそうだから、怖くて確かめられない。

足の運びが遅くなった日南多に気づいたのか、先を歩く八太郎が立ち止まって振り返った。

「足が短いから、歩くスピードが遅いのは仕方ないが……のろのろしてんな。オムライスが冷める」

「足が短いってのは、余計なんだよっ」

ムッとして言い返しながら、小走りで追いつく。

八太郎の口から出た、あの言葉。

『おまえがいなくなったら……静かで、つまらんだろうな』

あれだけは、本当だったらいいなぁ……と思いながら、田んぼの向こうに見える八太郎の家に急いだ。

《八》

「やっと晴れたな」

二日にわたって降り続いた雨が、ようやく上がった。

朝食後、居間の窓を開けて外を眺めている八太郎の横顔は、いつになく険しい。見慣れない表情が、日南多の胸をざわつかせる。

「台風みたいな雨だったなぁ」

「このレベルの集中豪雨は、春先には珍しい。山に、異常がなければいいんだが……崩れている箇所があるかもな。用水路が溢(あふ)れていたら、田畑にも被害があるかもしれん」

どうやら、地域に雨による被害がないかどうか気になっているせいで、表情が硬いようだ。

そういえば、雨のせいで家に籠(こも)っているあいだも、常に手が届く位置にスマートフォンを置いていた。

昼夜問わず何度か着信があり、「用水路は」とか「ため池は大丈夫そうか」と電話の向こうの誰かと話していたことを思い出す。

「今日は一日、地域の点検だな。危険箇所が多いから、日南多はここで」

そう言いながら窓を閉めて室内に身体の向きを変えたと同時に、八太郎のスマートフォンが鳴り響いた。

日南多になにか言いかけていた言葉を切った八太郎は、素早くスマートフォンを手に持って応答する。

「はい、蓑山……ええ、平気です。二の山の、ため池？　先月見て回った時は、特に変わった様子はありませんでしたが……。そうですか。後で見てきます」

電話を終えた八太郎は、眉を顰めてなにやら考え込んでいる。

全身に纏う空気が緊張を帯びていて、日南多は電話の内容が気になりながらも話しかけるのを躊躇った。

「八太郎さん、ヒナさん。お茶をどうぞ」

いいタイミングで小梅がお茶を運んできてくれて、空気が緩むのを感じた日南多はホッと息をつく。

小梅がお盆からテーブルに湯呑みを置くのを待ち、八太郎が口を開いた。

「小梅さん、二の山のため池からの水は、お宅の裏の川に続いていましたよね。変わりはありませんでしたか？」

「ええ。支流の一つが、うちの裏です。そういえば、大雨の割に水かさが増えていない気がしますねぇ」

「……そうですか」

小梅の言葉に、八太郎はますます表情を険しくした。

それがなにを意味するのかわからない日南多は、二人の会話に口を挟むことができない。

八太郎は、湯気を立てるお茶に口をつけることなく廊下に足を向けた。

「えっ、八太郎。どこ行くんだ？」

「気になることがあるから、見てくる」

そう言い残して廊下に出て行った八太郎を、日南多は唖然として見送ったけれど……不安そうな小梅と視線を交わした瞬間、自分が為すべきことを決めた。

「……おれも行くっ」

玄関先で靴を履いている八太郎の隣にしゃがみ込み、シューズに手を伸ばす。靴紐を締めていた八太郎は、日南多を睨んで「馬鹿か」と短く零した。

「危険があるかもしれないんだから、不慣れな人間を連れていけるか」

「危険なら、尚更あんた一人じゃマズイだろ。それに、おれは……不慣れだけど、普通の人より大丈夫だ」

小梅と桜子が背後に立っていることがわかっていたから、「人間じゃないから」という一言は飲み込む。

「ほら、小梅さんも心配そうじゃんか」

廊下に立つ小梅をチラリと見遣ると、心配そうに八太郎と日南多を見詰めている。日南多に釣られるようにして背後に顔を向けた八太郎にも、無言で見守る小梅の不安は伝わったのだろう。

迷うような間があり、何度か日南多と小梅のあいだに視線を往復させて……大きく息をついた。

「本当に危ないところには、連れていかないからな」

「わかった。小梅さん、行ってきます!」

渋々という内心は八太郎の顔にも声にも表れているけれど、許可を得た日南多は嬉々としてうなずいた。

急いで靴を履き、小梅に手を振る。

「お二人とも、お気をつけて」

という、小梅と桜子に見送られて蓑山家の玄関を出た。広い庭を早足で横切って、裏口に向かっている……?

前を歩く八太郎は、日南多を振り向くことなくその理由を語った。

「小梅さんの家は、裏手にある。裏口から出たほうが近道だ。二分くらいで着く」

「なるほど。本当に近いんだなぁ」

大人一人分の幅しかない竹製の扉を開けて、庭を出る。小道を百メートルほど歩くと、竹藪の奥に小梅の家らしい建物が見えてきた。

八太郎はその家を回り込み、ザーッという流水音の聞こえてくる裏手に向かう。

二人が話していた川は、すぐに日南多にもわかった。

「めちゃくちゃ濁った色だな」

小川と呼ぶには激しい濁流は、濁った土の色だ。そこそこ大きな木の枝や、大量の葉が上流から流れてくる。

ゴーッと響く水の音は、本能的な不安を掻き立てる。

しばらく無言で小川を眺めていた八太郎だったけれど、

「変だな」

そう小さくつぶやいて、上流に向かって歩き出した。

ぼんやりと川の流れを見ていた日南多は置いていかれそうになり、慌てて八太郎の背中を追いかける。

「どこ行く気だ？」

「上流」

舗装されていない小道は、所々水たまりがある。ぬかるみに足を取られ、何度か転びそうになってしまった。

八太郎は平然と歩いているのに、追いかける日南多はゼイゼイと息を切らしている。

そうして、どれくらい川を逆行する形で小道を歩いただろうか。

水音は聞こえるけれど川の流れは見えない、川岸から少しだけ離れた小道を上っていた八太郎が、ようやく立ち止まった。

「はっ、……はぁ。ここが、なんか……うわぁ」

八太郎の背中越しに前方を覗いた日南多は、思わず声を上げる。

山の中にぽっかりと水を湛えた、人工的な池……というより、湖の大きさだ。何度か話では聞いた、『ため池』というものか？

日南多は普段の水量を知らないが、二日間の大雨のせいで、たっぷりと溜まっていることは間違いない。

「すげー。ため池っていうから、公園の池みたいなもっと小さいものだと思ってた」

感嘆の声を上げる日南多をよそに、八太郎は無言のまま堰堤を歩き出す。途中でスマートフォンを取り出すと、誰かと話しながら池を覗き込んでいた。

手持ち無沙汰の日南多は、堰堤を固める石垣に「コンクリートじゃないのか」と首を傾げた。

これだけの水を貯める能力があるということは、ものすごく丈夫な造りだと思うのだが、建造されたのはずいぶんと古い時代なのだろうか。

「すごいな」

無意識につぶやいた一言は、電話を終えた八太郎の耳に届いたらしい。日南多と肩を並べると、クッと低く笑った。

その笑みの意味は、続く言葉で種明かしされる。

「すごいだろ。おまえらが逆恨みしている、弘法大使空海の造ったものだ……と言い伝えられているがな」

「……すごいけど憎たらしい」

思い浮かんだ言葉をそのまま口に出すと、八太郎は楽しそうに「すごいのは認めるのか」と肩を震わせる。

このため池を目の当たりにして、すごくないとは言えないだろう。

堰堤を歩いていると、数ヵ所の水門と放水路があり、支流へと水を流しているようだとわかった。

「……ここだな」

「なにが？　あっ」

八太郎の視線の先を追った日南多にも、「ここだな」の意味は説明されるまでもなく察せられた。

水門らしきところに、太い木の枝がいくつも重なり合っている。その隙間を葉や土が塞ぎ、水の流れを妨げていた。

「ここの水路は、ため池の中でも規模が大きいんだ。水門が一気に決壊すると、下手したら土石流が発生する」

「土石流……」

都会で生まれ育った日南多も、土石流という言葉だけは知っている。台風や大雨の時に、それらの被害を受けた土地がどれだけ大変なことになるのかも……テレビの映像でしか見たことはないが、思い浮かべることはできる。

ただ、目の前のため池とその言葉が頭の中で上手く結びつかなくて、かすれた声で八太郎に聞き返した。

「そ、そうしたら?」

「……この先の川がどこに続いているか、辿ってきたからわかるだろう。あそこに、コレが押し寄せる」

日南多が辿ってきた小川は、小梅の家の裏を流れていた。小梅の家だけではない。先日、お昼ご飯を食べさせてくれたキャベツ農家の老夫妻の家を始めとした民家も近くにあったし、田畑も無数にある。

この広大なため池の水が、一気に……と想像した途端、ぞわっと鳥肌が立った。

「大変じゃんかっ。なんとかしないと。どうしたらいい?」

ようやく目の前の危機を実感した日南多は、焦って八太郎の腕を掴んだ。強く揺さぶると、やけに落ち着いた声で宥められる。

「おまえが焦ったところで、今すぐなにかができるわけじゃない。土木専門家の応援を呼んだから、それまで……様子を見守るくらいだな」

見下ろした水門の先の水路は、不気味なくらい水の流れが乏しい。木の枝が詰まった水門はギシギシ鈍い音を立てていて、今にも限界に達しそうだ。

「でも、そんな悠長なことしていられるのか？　この状態で、いつまで持つんだ？」

「俺にもわからん。……ご先祖なら、もっと妖力があったらしいからどうにかできただろうがな。今の俺じゃ、役立たずだ」

ぽつぽつ口にすると、苦笑を浮かべて拳を握る。

そんな自虐的なものの言い方は、八太郎に似合わない。

でもきっと、八太郎は「普段から地域のために尽力してるだろう」という日南多の慰めなど、求めていないだろう。

「っ、おれ……は」

水門も、八太郎のことも、日南多には見ていることしかできないのか？

もどかしくて……歯がゆくて、両手を強く握り締める。ほとんど塞がっている水門を睨みつけていると、ギギギッと一際大きな音が聞こえてきた。

「や、八太郎。なんか……ヤバくないか？」

「チッ、こうなったら手を出すのも危険だな。一応、下流の民家には避難を呼びかけるよう連絡をしてあるが……間に合うか？」

八太郎の焦りが伝わってくる。あそこは、今となっては日南多にとっても大切な土地だ。ここをなんとかできるのは、たぶん今は自分だけだろう。

救いたい。救わなければならない……と大きく息を吸い込んだ瞬間、胸元のペンダントがほんのりと熱を帯びていることに気がついた。

チェーンを引っ張り出して、黒い石を包むペンダントトップを握り締める。

「八太郎。おれ……おれが」

「日南多？」

ざわざわと、全身の血が沸き立つようだ。心臓が激しく脈打っている。

耳が変化し、尻尾が現れているのを体感する。手足にも、耳……尻尾にも、いつになく力が漲ってくる。

見下ろした自分の身体は、白い光の膜が張っているみたいだった。

「たぶん……堰き止めている木は吹き飛ばすことができる。あとは、頼んだ」

「おい、日南多っ。なにする気だ。やめ……っ」

呼び止める八太郎の声は聞こえていたけれど、伸びてきた手に捕まえられる前に水が渦

巻く水門に向かって身を躍らせた。

「日南多！」

水面に叩きつけられる直前、息を止めて溜め込んでいた気を解き放つ。その反動か、日南多の身体は水に落ちることなく空中に浮かんだ。

目の前が金色の光に包まれて、水門を堰き止めていた太い木の枝が粉砕される様子が視界に映った。

水滴が飛び散り、ため池の水面に浮かんでいる日南多の全身に降り注ぐ。

足元で水が流れ出したのを確認して、ふっと意識を手放しかけた瞬間、強く尻尾を握られる。

力が抜けて浮いていられなくなり、水面に叩きつけられるはずの身体を、八太郎の手によって受け止められたようだ。

でも、なんだかおかしい。薄れゆく視界の端に映る自分の手が、白い毛に包まれた獣そのもののようで……。

「おい、日南多っ。なんで狐姿になってんだ？　どうなって……しっかりしろ！」

八太郎の両腕に抱き締められたのを感じた途端、安堵に包まれて全身の力が抜けた。

「やた……ろ。水、流れた？」

八太郎の腕の中は、気持ちいい。任せておけば大丈夫。

「ああ。もう心配ない」

「よかっ……た」

ホッとして目を閉じると、意識が闇に包まれる。

繰り返し日南多の名を呼ぶ八太郎の声が聞こえる気がしたけれど、それさえ子守唄のようで……ふわふわとした真っ暗な眠りに身を沈めた。

□□□

誰かが、日南多の名前を呼ぶ声が聞こえる。さわさわと指先で耳元を撫でられて、くすぐったさに肩を震わせた。

「ン……」

「日南多っ。目が覚めたか？」

薄く目を開けると、日南多を覗き込む誰かの顔が視界いっぱいに飛び込んできた。近すぎて、誰だかわからない。

「八太郎さん、お白湯を」

少し離れたところから聞こえてきたのは、小梅の声だ。

八太郎と、小梅？

もしかして、二人がかりで起こしに来られたくらい朝寝坊をしてしまったのだろうか。

「あ、ああ。日南多、喉が渇いていないか？　一昼夜、眠っていたからな」

背中を抱かれて少しだけ身体を起こされ、口元にほんのりと温かい陶器を押しつけられる。喉に流れ込むぬるま湯は、やたらと甘く感じた。

一昼夜、眠っていた？

いくらなんでも、それは冗談が過ぎる……と思ったが、ぼんやりとした視界に映る八太郎は真顔だ。

「やたろー？」

「ああ。俺のことが見えるし、声も聞こえるし……身体はなんともないんだな？」

これまで見たことのない、心配と不安を浮かべた八太郎の顔をじっと見ていると、眠りに落ちる前の記憶が少しずつよみがえってきた。

そう、だ。

ため池で、決壊しそうな水門をなんとかしなければならないと焦燥感に駆られて力を思いきり放ち……あれから一昼夜、眠り込んでいたらしい。

「大丈夫だ」

「……よかった。昼になっても目を覚まさなかったら、おまえの家に連絡をしようと思っていたところだ」

「大袈裟」

真剣な顔で口にする八太郎に、クッと笑って見せる。寝すぎのせいか、別の原因か、全身の関節が軋むように痛い。

「おまえ、どこまで記憶にある？」

目が覚めてしばらくは頭がぼんやりしていたけれど、今ではほとんど思い出している。木の枝で堰き止められた水門の濁流に身を投じながら、妖力を全開にしたところまでは間違いない。

ただ、その後のことはなにもわからなくて、不安が込み上げてきた。

「家……畑も、大丈夫か？」

たぶん、あれで正常に水が流れるようになったはずだが、自分の目で確かめていないのだから確証がない。

八太郎を見上げて尋ねると、大きくうなずいて日南多の頭に手を伸ばしてくる。

「日南多のおかげでな。皆と郷を救ってくれて、ありがとう。……礼は言うが、無茶しやがって！」

ポンと頭に置かれた八太郎の手が、ぐりぐりと頭を撫で回してきた。力が強くて少しだけ震えていて、一昼夜眠り込んでいたという日南多のことを心配してくれていたのだと伝わってくる。

ただ、その手が……やけに大きく見える？

もぞりと寝返りを打つと、顔の前にある手は……獣の前脚だ。

「なっっ、なにっ？　おれ……なんで、あれ？」

ガバッと上半身を起こしたつもりだけれど、視界に映るのはやはり獣の前脚と布団だ。

慌てる日南多に、八太郎は落ち着いた声で返してきた。

「自覚していなかったのか。ため池のところで、水面に浮かんで金色に輝きながら水門の障害物を弾き飛ばして……狐になった。妖力を使い果たしたんだろ」

「えっと……小梅さん」

先ほど、小梅の声が聞こえてきた気がする。

正体を晒してしまったのが八太郎だけなら問題はないが、まさか小梅の前で狐姿の『日南多』がしゃべっている状況か？

絶句して硬直している日南多の耳に、当の小梅の声が聞こえてきた。

「お身体に大事がないようで、安心いたしました。お腹が空いたでしょうから、消化にいいお食事を用意しますね。お揚げを乗せた煮込み月見うどんでいかがでしょう」

日南多が危惧したような、驚きや恐れを感じている雰囲気ではない。これまで通りの態度で話しかけてくる。

狐の姿になっている日南多を、気味悪がっている様子は微塵もなかった。

強張っていた身体から、緊張が抜け……。

「……いただきます」

空腹だろうと指摘された途端、急激な飢えを実感した。ぎゅるるる……と派手に響いた日南多の腹の音に、八太郎が苦笑する。

「元気だな」

「う……おれ、ガキの頃は病弱だったけど、今はただの風邪も年に一回ひくかどうかってところで」

「そいつはなによりだ」

はぁ、と微苦笑を滲ませた八太郎は大きく息をついて日南多の頭をポンポンと軽く叩き、手を引いた。

触れていた手がゆっくり離れていくと、物足りないような……寒いような、寂しいような、なんとも形容し難い感覚に襲われて戸惑う。

小梅の態度にも、自分の不可解な感情にも困惑している日南多に、八太郎は事の顛末を語り出した。

「獣姿のおまえを抱えたまま、駆けつけた土木関係者に事態を取り繕うのは骨が折れたぞ。

水門に引っかかっていた太い枝をなんとか引っこ抜いた途端、流れが回復したと苦しい説明をしたら……危険なのに無理をするなと怒られたし」

「ははは、八太郎でも怒られるんだ」

先祖代々、土地の世話役をしていた旧家ということもあって、地域の中心的な存在だということは日南多にも察せられた。

気難しそうな老人や、父親世代の中年男性も「蓑山の若様」とか「八太郎坊ちゃん」と呼んで、一目置いているようだったのに……。

「そりゃ、怒られることもある。都会の大学で農林関係の勉強を少しばかりしたといっても、蓑山って家の後ろ盾がなければ、ただの若造だからな」

「そ……か」

地域に貢献できるように、日々駆け回って様々な事業に助言をしたり農作業に参加したりしている八太郎を見てきた。そうやって尽力していることで、地域住人に慕われているに違いない。

そんな八太郎に比べて、日南多は……口さがない役員に、葛葉グループのお荷物だと嘲笑されて陰口を叩かれても仕方がない。

自分と八太郎を並べて日南多がひっそりと落ち込んでいることは、表情が変わらないこの姿のせいもあり八太郎には伝わっていないようだ。

「小梅さん、おれのこの姿を見ても驚いてなかったな。肝の据わり方がすげぇ」

「ああ。以前にも言っただろう。祖父の代からうちに仕えてくれているんだ。多少妙なことがあっても、そういうものかと受け止めている。さすがに桜子さんは驚くかもしれないから、昨日今日と休みを取ってもらっているが」

「そ、そっか。多少……じゃないはずだけど、小梅さんがそれで納得してくれてるなら、まぁ……いい、のかなぁ？」

そういえば、そうだ。初対面は女だった日南多が、夜が明けて男に変わっていても言及しなかった人だった。

でも、そうして曖昧に流しても本当に大丈夫なのか？　と首を捻る日南多に、八太郎が真剣な目をして尋ねてくる。

「で、おまえはいつまで狐なんだ？」

ポンと、頭の上……耳のあいだに手を置いて、顔を覗き込んでくる。くしゃくしゃと毛をくすぐられて、ピクッと耳を震わせた。

「さぁ？　おれも、こんなの初めてだからわかんね」

完全な狐の姿になったのは、赤ん坊の頃以来だ。それも、兄たちから話に聞いただけで日南多の記憶にはない。

どうすれば人間に戻れるのかなんて、日南多が聞きたい。

「まぁ……まずは飯を食って、エネルギーを補充しろ。真面目な話をしているのに、腹の音がうるさくて緊張感がない」

「……おれだって、鳴らそうと思ってやってるわけじゃねーよ」

唇を尖らせて、八太郎に言い返した……つもりだが、またしても腹の音が鳴り響いて笑われてしまう。

「ヒナさん、お待たせしました」

土鍋の載った盆を手にやってきた小梅の姿は、救世主が現れたかのようだった。

布団の脇、枕元にお盆を置かれていそいそと手をつけようとしたけれど、今の日南多は箸が持てない。

「……八太郎」

座って土鍋を覗き込んだ体勢で固まり、困って八太郎に呼びかける。

視界の端で八太郎が動き、茶碗に鍋の中からうどんと出汁が取り分けられた。パタパタと手で扇いで、冷ましてくれているのはわかるが……涎で溺れそうだ。

「熱くてもいい。早く食わせてぇ」

「情けない声を出すな。ほら、食え」

「いただきますっ」

湯気の立つ茶碗に口を突っ込み、甘い味つけの油揚げを齧る。あまりの美味しさに声もなく咀嚼して飲み込み、軟らかく煮込まれたうどんを噛んだ。

「ぐぅ……っ、グルルル」

美味い美味いと唸りながら、少しずつ取り分けられたうどんを腹に収めていく。最後のほうは行儀が悪いとわかってながら土鍋に鼻先を突っ込み、鍋底に溜まった出汁の一滴まで舐め取った。

「ご馳走様でした。めちゃくちゃ美味かった」

「……みたいだな。狐のくせに、目に涙が滲んでたぞ」

小梅は、日南多が完食したことにホッとした顔で「お昼も消化のいいお蕎麦にしますかね」と笑って、空になった土鍋の載ったお盆を手に部屋を出て行く。

食事をしたせいか、身体がぽかぽかしている。部屋には八太郎と二人だけだし、取り繕う必要もないか……と大きく伸びをして、全身を震わせた。

ふぅ、と大きなため息をついた直後、それは起きた。まるで、背負っていた重石が突然砕け散ったかのように、身体が軽くなる。

「あ！」

見下ろした手が、五本の指のある人間のものに変わっていた。腕も腹も、足も……白い獣毛は見当たらない。

「ん？　……エネルギーの補充が正解だったみたいだな」

日南多の変化を目にした八太郎が、低く笑って浴衣を頭からかぶせてくる。ゴソゴソと浴衣に袖を通す日南多を、八太郎は無言で凝視していた。

「見んなよ、エッチ」

「馬鹿。狐の時は一通り調べていたが、人間の姿になっても怪我や異常がないか確認していただけだ」

「……人が意識不明の時に、全身弄り回したのかよ」

咄嗟に口から出たそんな言葉はただの照れ隠しだったけれど、八太郎はそのままの意味に受け取ったらしい。

日南多の頭を軽く小突いて、眉を顰める。

「人聞きの悪い言い方をするな。……耳と尻尾は戻りきっていないが、エネルギーが満タンになれば引っ込むのか？」

耳と尻尾？

自分では見えない位置のものなので、八太郎に指摘されて初めて気がついた。

「あ。ホントだ」

頭上に手を持っていき、狐の耳がそのままそこにあることを確認する。背中に触れる毛の感触で、触らなくても尻尾があることは体感していた。

外に出るわけではないのだから、今のところ耳と尻尾が引っ込んでいないからといって支障はないが……いつまでこの状態なのか、気にはなる。

不安に表情を曇らせただろう日南多の耳を、八太郎が雑な手つきで撫でた。

「とりあえず、食って寝てろ。昼飯に稲荷寿司もつけてもらうか」

「賛成！」

稲荷寿司という言葉に目を輝かせた日南多は、八太郎の言葉に従って寝食で体力の回復に努めることにした。

布団に転がったのはいいが、一昼夜寝ていたらしいので眠くはないけど……と畳に座っている八太郎の膝をぼんやりと見詰める。

八太郎の傍にいれば、不思議となんとかなるような気がする。

それは、日南多がどんな姿でも八太郎は見捨てたりしないと、無意識に信じているせいかもしれない。

「なに見てんだよ。寝られなくても、目ぇ閉じてろ」

「う……ん」

日南多が見ていることに気づいたのか、大きな手で目元を覆われる。

もう眠れないかもしれないと思っていたのに、八太郎の手のぬくもりを感じていると睡魔が忍び寄ってきて……ふっと身体の力を抜いた。

《九》

　自身の異変に気づいたのは、一日の仕事を終えて自宅に帰る小梅を、玄関先で見送った時だった。

「では、また明日に。ヒナさん、明日の朝は卵雑炊にしますね」

「ありがと。でも、そろそろ普通のご飯がいいかも。ベーコンとかハムとか、食べたい」

「まぁ、お元気になられてなによりです。お昼は、しっかりとしたものにしましょうか。桜子と相談しておきます」

　日南多のリクエストに笑ってうなずいた小梅に「おやすみなさい」と手を振り、八太郎のいる居間に取って返す。

　まだ、尻尾も耳もそのままだなぁ……と頭に手をやり、上半身を捻って背後を見遣った日南多は、廊下で立ち止まって目を見開いた。

「尻尾！　八太郎、尻尾がぁぁっ！」

　慌てて居間に飛び込んで窮状を訴えると、テレビでニュースを観ていた八太郎がジロリと睨みつけてくる。

「うるさい。尻尾がなんだ」

「い、一本になってる！　せっかく三本まで増やしてたのに！」

身体を捻って、尻尾を八太郎に見せながら指差した。何度確認しても、三本あった尻尾は一本しかない。

なんで？　どうして？　おれの尻尾……。

そう、日南多が半べそで青褪めていると、座布団から腰を上げた八太郎が近づいてきた。無遠慮に日南多の尻尾を摑み、まじまじと見下ろしてくる。

「残りの二本を隠しているわけじゃなくて、素でこの状態か。おまえ……ため池のところで気を失った時には、尻尾は一本しかなかったぞ。ってことは、尻尾二本分の力を出しきったんじゃないか？」

気安く触るな、と八太郎の手から尻尾を取り返した日南多は、自慢の毛量も減ったように感じて肩を落とした。

「そ……その可能性は、ないとは言いきれないかも。狐族の尻尾は、妖力の証だ。うぅ、九尾の妖狐になる日が遠退いた……」

いずれ、狐族の頂点を極めてやるという子供の頃からの野望が、遠くに霞んで見える。

一本になった尻尾を握ってめそめそしていると、八太郎が真顔で口を開いた。

「おまえの尻尾は、俺も気に入っている。目の前で消失したことに、責任を感じなくもない。どうすれば増えるんだ？」

尻尾の先を指で弄りながら問われて、キッと八太郎を睨み上げた。

「簡単に増えるものじゃない。三本にするのにも、高度な化け術を覚えて……いろんな人間を化かして妖力を高めて、大変だったんだ」

八太郎に頼まれて、ため池をなんとかしようとしたわけではない。日南多が自らそう望んだことで、むしろ八太郎は止めようとした。

だから、睨みつけて憤りをぶつけるのは、ただの八つ当たりだ。

「尻尾を増やすって言っても、そんなに強い妖力が湧き出る魔法のアイテムなんか……もしかして、ある？　……かも？」

泣きたい気分でぶつぶつ零していた日南多だが、妖力を秘めている可能性のある『お宝』の存在がふっと思い浮かんだ。

狐姿の時は体毛に埋まっていたペンダントが、今は胸元で揺れている。それを右手に握り締めて、八太郎と視線を交わす。

敵に、情けを請う気かと……プライドはないのかと、頭に残る冷静な部分が咎めてきたけれど、なんとしてでも妖力を取り戻したいという欲望が勝った。

「これ……の、片割れ。割れた片方をくっつけて一つに戻して、完全な形になった伝説の『お宝』を手にしたら……もしかして、すっごい妖力を得られるかも」

「それの片割れ？　おまえが最初っから探していた『お宝』ってやつは、そんなものだったのか」

恥を忍んで必死で伝えた日南多に、八太郎は軽い調子で「そんなもの」と返してくる。

震える手でペンダントを握り締めて八太郎の前に立つ日南多は、カーッと頭に血が上るのを感じた。

「そんなものって、なんだよ。狸にとっても、『お宝』なんだろ？　だから、どんなに探しても見つけられないよう厳重に保管していて」

「いや、待て」

八太郎は、神妙な表情で日南多の顔の前に手のひらを翳して、言葉を遮った。なんとも形容し難い目で日南多を見下ろして、問いかけてくる。

「それは……確かに、狐族と狸族は、対になる黒い石をそれぞれ持っている。その由来は、おまえたちにどう伝わっている？」

「どうって、ご先祖が故郷を追われた際にかろうじて持ち出した『お宝』だって。狸族がその半分を持っていて、二つを合わせて本来の姿を取り戻したらすごい妖力を得られる？　おれは、一気に尻尾が九本になるんじゃないかって思ってるんだ」

代々葛葉の家に伝わるペンダントの石は、不思議な力を日南多に与えてくれた。病弱だった幼少期は、これを首から下げて胸元に触れさせているだけで、苦しさがスーッと消えたこともある。

大袈裟ではなく、この半分の黒い石が成人するまで命を繋いでくれたと思う。日南多と相性がいいようだから御守にと、家宝であるにもかかわらずこうして身に着けることを許されたのだ。

「そう……か。狐には、そう伝わっているんだな」

小さくつぶやいて、チラリと日南多を見下ろした八太郎の目は……これまで見たことのない、気まずそうなものだ。

憐憫にも感じられるし、同情とも、申し訳なさそうにも見える。

「なんだよ。意味深な言い回しだな。ハッキリ言え。らしくねーの」

八太郎らしくないと唇を尖らせた日南多に、深く息をついて「わかった」と改まった様子で向き直った。

「そいつの片割れはな、コレだ」

無表情の八太郎が指差したのは、右耳の……ピアス？

初対面の際、アクセサリーとは無縁そうなのに意外だと感じたけれど、そこにあるのが当然とばかりに見慣れてしまい、当初の違和感を忘れていた。

「そりゃ、同じ種類の石かもしれないけど」

「種類が同じってだけじゃない。元々は、おまえの持つそれと一つだった……といえば、理解するか？」

淡々と語られた八太郎の台詞を、頭の中で二回繰り返して……ようやく意味を悟った。

日南多は声もなく八太郎の耳元を指差して、唇を震わせる。

「たぶん、そんな大層な力はないぞ」

「だ……って、でも……え？　嘘、だろ。そんな……えええっ？」

「落ち着け」

混乱してわなわなと身を震わせる日南多の肩を、八太郎の両手が力強く掴んできた。

泣きそうな顔になっているかもしれないが、いつもならからかってくるはずの八太郎がどこか痛ましそうに見下ろしてくるから……事実だと思い知らされる。

「なんなんだよ！」

ようやくすっきり声が出た。

はぁはぁと荒く息をつく日南多に、八太郎は「うるせぇ」と眉を顰める。

「喚（わめ）くな。あー……数百年前の先祖の話からするべきだな。たぶん、蓑山の家には正確に話が伝わっている」

「ううう、わけわかんない」

「だから、今から説明してやるっつってんだろ」

頭を抱えた日南多は肩を抱かれ、とりあえず座れと促される。

腹の黒い八太郎のくせに、その手がやけに優しかったから……反発することなく、素直に座布団に腰を下ろした。

短時間で感情を乱高下させた日南多に、抗う気力がなかっただけかもしれないけれど。

□ □ □

「まずは、この石に関して蓑山の家に伝わっている謂れを話すべきか」

そう前置きをした八太郎に、もったいぶらずに早く言えと急かすでもなく、コクンとうなずく。

座布団に座った日南多は、いつになく神妙な面持ちのはずだ。

「このあたりの山で採掘される石だ、ってことに異論はないいな？」

「それは、ない。大昔、ここから追い出される時に葛葉のご先祖が持ち出したのは、間違いないんだよな？　狸に抵抗されて、半分しか持ち出せなかったから力が足りない……って聞いてたけど」

それ以上の詳しい話は、聞いていない。もしかしたら家系図や古文書のようなものに詳細が綴られているのかもしれないが、長兄ならともかく日南多が目にする機会はないからよくわからない。

「それだ。持ち出された際の経緯からして、話が異なる。一つだった石が二つに分けられた理由は、種族の争いに巻き込まれて引き離されることになった恋人たちが、遠く離れても変わらない想いを持ち続けるのだという誓いだ。いつか、二つに分かれた石が巡り会う日を信じて……と、うちの巻物には記されている」

八太郎の話を真剣に聞いていた日南多は、ん？　と眉間に皺を刻んで首を傾げる。

当然のように語られたが、それではまるで狸族と狐族の二人が秘かに恋人関係だったみたいでは？

日南多が口に出せずにいると、八太郎はあっさりと続けた。

「わかりやすいたとえだと、ロミオとジュリエットだな。対立する種族の直系同士が愛し合ってるなど、大っぴらにできない関係だったんだろ」

「それが本当なら、そりゃ……今より隠さなきゃいけない関係だろうなとは思う」

諍いの詳しい内容は知らないが、互いの祖先はなにかにつけて喧嘩をしていたようなのだ。

弘法大師空海によれば、諍いごとの発端はほぼ毎回『狐』側だったそうだが。だからこそ、故郷を追われることになったのだ。

日南多にとっては青天の霹靂というやつで、すぐには信じ難い話だが、八太郎は少しだけ困った顔で続ける。

「証拠を出せと言われても、先祖から伝わる巻物の記録くらいしかないけどな。おまえたちが期待するような、すげぇ妖力は……ないんじゃないか？　どうしてもっていうなら、コレはおまえにやるけど」

「は？」

言葉の意味をすぐには掴めなくて、ぽかんとする日南多の前で、八太郎は右耳のピアスを外した。

大豆サイズに丸く整えられた黒い石を、日南多に差し出してくる。

「数代前の先祖が研磨したからな。俺は、なくしそうだったからピアスに加工したし。そいつと合わせたところで、ぴったりと一つになるってことはないだろうが……」

受け取ることを躊躇う日南多の右手を取り、上に向けた手のひらにあっさりと転がす。

簡単に「やる」と言いながら与えられた石にムッとして、「お宝だって信じて探し続けていたおれを憐れんで、馬鹿にしてるのか？　いらねーよ！」と投げつけようとした。

でも……八太郎の家に伝わる話が事実なら、特別な妖力はなくてもかつての恋人同士の想いが詰まった大切な石だ。その話の真偽はどうであれ、狸族と狐族はそれぞれ大切に伝承し続けてきた。

日南多は唇を噛んで、丸く磨かれた黒い石をジッと見詰めた。

ふと思い立って首にかけていたペンダントを外すと、手のひらに乗せたピアスの横に並べてみる。

「あ……なんか、じんわりあたたかい？　八太郎、ほらっ、触ってみろよ」

手のひらで感じる異変に目を瞠った日南多は、八太郎の右手を摑んで自分の手のひらに重ねるように誘導する。

日南多と八太郎の手のひらに挟まれた二つの黒い石は、先ほどまでとは比較にならないほど熱を帯びていた。

「なんだ……？」

「なんか、また逢えたことを喜んでるみたいじゃねぇ？」

そう思えば、胸の奥でもやもやと渦巻いていた不快感が晴れる。

日南多がここに来たこと、結果的にご先祖の石を里帰りさせる形になったことは無駄ではなかったのだと、そう思える。

大きく息をつくと、身体から余分な力が抜け落ちるのを感じた。

自分の手のひらに重ねていた八太郎の手を退けると、二つの石をそっと握り込む。

「あの、さ。おれの……これ、ここに置いていくよ。せっかく巡り会えたのに、また引き離すのってなんだか可哀そうだし。石の故郷でもあるし、八太郎の家で保管してやって」

そう力なくつぶやいた日南多に、八太郎は怪訝そうな声で聞き返してくる。

「置いていくって、おまえは？」

「……帰る。おれがここにいる意味はなくなったし」

すごすごと尻尾を巻いて逃げ帰るのだ、と。心の中でつぶやいて、敗北感を握り潰す。

突然押しかけてきた厄介者が自ら去ると言うのだから、八太郎にとっては歓迎すべきことだろう。

そう、畳に視線を落として奥歯を噛んでいると……ピアスとペンダントを握って差し出した右手を、大きな手にグッと摑まれた。

「尻尾が戻るまで、ここにいればいいだろう。狐にとっても故郷なんだから、都会よりは妖力の回復が速いはずだ」

八太郎の口から出た予想外の言葉に、「は？」と顔を上げた。

厄介払いができて、せいせいする……んじゃないのか？

「なんだよ、寝惚けてんの？　おれがいなくなれば、清々するだろ。そ、それとも、遊べる玩具を手放すのは惜しい……とか？」

「どうとでも思えばいい。俺は、このままおまえを帰す気はないってだけだ」

八太郎の真意がわからなくて、視線を泳がせながらどういうつもりだと探る日南多に、八太郎は明確な答えをくれない。

ただ、手放す気はないと言いながらギュッと手を握られ……胸の奥がズキズキと痛みを訴える。

今すぐ、八太郎の前から逃げ出したい。このままこの男の前にいると、本当は日南多も離れたくないのだと……みっともなく零して、目を背けている本心を突きつけられそうだ。

自分と八太郎が、同じ想いなわけがないのに。

「は、離せよっ。おれは、あんたの玩具になるのはごめんだ。悔しいのに、悔しくて憎たらしくて、なのに……嬉しいとか、わけわかんない。もう、おれの負けでいいから……負けたって認めるから、放っておけって」

情けないことを口にしているという自覚はあるけれど、言葉を止められなかった。

必死で顔を背けて訴える日南多に、八太郎が大きな息をつく。

「負けを認めるなら、おまえは俺のものだ。手放さないからな。ここにいろ」

「なんでっ、そんな意地悪なんだよ！」

「意地悪？　俺は、どうでもいいヤツに構うほど暇じゃない。最初から、おまえのことは気に入っていると言っただろう？　日南多が傍にいたら、一生退屈しなさそうだからな。帰す気はない」

とんでもなく自分勝手な言葉の数々に、日南多は目を見開いて絶句して……グッと眉根を寄せる。

恐ろしくわかりづらいが、これでは八太郎のほうが日南多に執着しているみたいだ。

まさか、と思いつつ震えそうになる唇を開いて八太郎を睨みつけた。

「すっげー熱烈な、愛の告白みたいだな」

「おまえがそう思うなら、それでもいい」

日南多は反撃に備えて身構えたのに、八太郎は感情を読み取らせない飄々とした顔と声で、すんなりと返してくる。

拍子抜けした日南多は言葉に詰まりそうになったけれど、気を取り直して勢いよく立ち上がる。

畳に仁王立ちして、「これならどうだ」と八太郎の動揺を引き出すべく言い放った。

「お、おれに惚れてるからここにいてくださいと、平伏して懇願してみろよ。そしたら、考えてやらないこともない」

ここまで神経を逆撫でする言い方をすれば、さすがに八太郎の感情を乱すことができるはずだ。

自分でも、なにをそれほど抵抗しているのかよくわからなくなってきたが、すんなりと「じゃ、おれたち相思相愛ってやつ?」と喜べるわけがない。

日南多ばかり振り回されるのは、ごめんだ。

「ふーん。そんなのでいいのか」

どんな屁理屈で対抗してくるのかと身構えた日南多に、八太郎はニヤリと笑いながらそう返してきた。

畳に右膝をつき、仁王立ちした日南多の爪先を軽く噛む。

「俺のために、ここにいてください」

「ゃ……ヤメロッ！」

八太郎の頭を見下ろした日南多は、慌てて足を引いて頭を激しく左右に振った。

予想外の言動に、瞬時に鳥肌が立った。驚愕（きょうがく）というよりも、恐ろしい。

「おまえがやれと言ったんだろう」

「悪かった。とんでもないことを企んでいそうで、怖い！　っつーか……あんなの、本気にするなよ」

なにか裏があるにしても、日南多の台詞をまともに受け止めて実行する必要などなかったはずだ。

日南多を脅すつもりなら、効果は絶大だが……それだけのために、跪（ひざまず）いて足先に唇を寄せるなど……。

おろおろと視線をさ迷わせる日南多に、立ち上がった八太郎が詰め寄ってくる。

「おまえが手に入るなら、なんだってしてやるよ。おまえがいないと、つまらん。これからも俺の傍にいてくれ。鉄の橋も架かったことだし、弘法大師空海も狐がこの地にいることを許すだろう」

「……勝手に決めつけていいのかよ」

弘法大師空海が許すかどうかなど、八太郎が言えることではないはずだ。それなのに、当然のような顔で笑っている。

「今は、俺が狸族の長だからな。つっても、子孫を残す気はないしここで終わらせるつもりだが。見ての通り、ここは限界集落と言われる過疎地だ。数十年のうちに、住人はいなくなるだろう。この地の最後を見届けるのが、俺の役目だと思っている。その時に……日南多が隣にいてくれたら、心強いんだだが」

真摯な目で日南多と視線を絡ませながら、そんなふうに語られたら……突っ撥ねられるわけがない。

ここでご先祖が暮らしていたのは、遠い昔のこととはいえ……日南多にとっても、故郷のようなものだ。

「プロポーズみたいだな」

切なさと喜びが渦巻き、うずうずと疼(うず)く胸の奥が気恥ずかしくて、軽い調子で茶化そうとした。それなのに、八太郎はまたしても真顔で受け止める。

「そうだな」

もう、言い返すことはできなくて……少しずつ近づいてくる端整な顔を軽く睨み、瞼を伏せた。

負けた。もう。負けでいい。どうしても、八太郎には勝てないようになっているのだから、無駄な抵抗はやめた。

「素直なおまえは可愛いな、日南多」

「……るせ」

ささやかな反論は、すぐさま重なってきた八太郎の唇に封じられる。

意地を手放して、抱き寄せられる腕に身を委ねてしまえば、心地よくて……これで正解だったのだと、完全敗北を認めることができる。

背中を抱く手が、少しずつ移動して腰まで下りて、尻尾を握られる。

「ン、握んな」

「一本に減っただけでなく、毛の量や触り心地もイマイチだな。しっかり食って養生して、尻尾を再生させろよ」

尻尾の手触りを確かめて残念そうに口にした八太郎は、本当に日南多の尻尾を気に入っていたらしい。

「労(いたわ)れ。尻尾が出る満月の前後は、しっかりブラッシングをしてくれ」

もう少し体力と妖力が回復すれば、尻尾を引っ込めることができるようになるだろう。

尻尾を解放することになるのは満月とその前後だけだから、存分に手入れしろと意図して偉そうに告げた日南多に、八太郎は大きくうなずく。

「それくらいお安い御用だ」

またしても真面目に受け取られてしまい、気合いが空回りするばかりの日南多はふっと息をついて八太郎の胸元に身体を預けた。

優しげな顔をしていて、本性は意地が悪い腹黒狸だ。化かされてはいけない。

今でもそれは間違いなくて、警戒は解ききっていないけれど、もしかして……日南多が思っているよりもずっと、愛されているかもしれないのか？

《十》

八太郎はジタバタと手足をバタつかせる日南多を難なく担ぎ上げ、迷いのない足取りで廊下を進んでいく。

「ちょっ、と待て……。八太郎っ」

足が宙に浮いている頼りなさはもちろん、八太郎がどこに向かっているのか察せられないほど鈍くはないことで、戸惑いに目を白黒させている。

「なんだ。無駄な抵抗をするな」

「無駄って、断言するな。ちょっとばかりおれよりデカいからって、ムカつくな！」

八太郎が日南多を自室に連れ込んでどうする気なのか、予想がつくから大人しくなどしていられない。

「無駄だろ。俺は、逃がすつもりはないからな。それに、俺とおまえの体格差が……ちょっとか？」

ふっと笑う気配に、頭に血が上る。肩に担がれた日南多は、反射的に八太郎の背中を叩いた。

「イテテ、暴れんなって。落とすぞ」

「落とせよ。華麗に着地してやる」

今度は腹のあたりを蹴りつけようとしたけれど。さすがにそれは足を摑んで制止された。

そうしているあいだにどんどん廊下を進み、八太郎の部屋の前に到着する。

この状態でどうする気なのかと思っていると、八太郎は自室の襖を器用にも足を使って開けて、日南多を抱えたまま部屋に入った。

電気は点けられていないけれど、月明りが障子越しに差し込んでいるおかげで真っ暗闇にはなっていない。

確か、半月あたりの月齢のはずだが、夜空に雲がないのか十分に明るい。日南多が、普通の人間より夜目が利くことも視界に不自由のない理由だろう。電気を点そうとしない八太郎も、きっと日南多と同じくらい暗さに難を感じていない。

「あのさ、テリトリーに連れ込んでどうする気だ」

「自分のものになった証明として、マーキングするに決まってるだろ」

予想はついていたとはいえ、ハッキリ言いきられて頰を引き攣らせた。

そこそこドラマチックな盛り上がりを見せたはずの、先ほどのやり取りの直後に、それはどうなのだ。

「即物的すぎじゃね？」

「本性が獣の俺らには、お似合いだろう。おまえは？　欲しいって……本能が訴えていないのか？」

「ッ！」

そう言いながら、まだ引っ込んでいない日南多の尻尾を軽く握る。

本性が獣であることを再認識させるかのように、そっと付け根部分を指先でくすぐられて身体を震わせた。

「ぁ……尻尾、やめ……」

「ここ、気持ちいいんだよな？　ってわけで、存分に可愛がられたらいい。弱ってる今のおまえに、高度なアレコレは要求しないから安心しろ」

勝手なことをつらつらと言い放った八太郎は、またしても器用に足を使って部屋の隅に畳まれていた布団を蹴り広げる。

整えるほどの余裕はないのか、ぐしゃぐしゃに乱れたシーツの上に抱えていた日南多を下ろした。

「高度なアレコレ、ってなんだ。怖いんだけど」

布団に座り込んだ日南多は、眉を顰めて引っかかった部分を聞き返した。

確かめるのは怖い気がするけれど、知らないままでいるのはもっと気味が悪い。

怯んでいることを隠し、反発する振りをして口にした日南多に、八太郎は明確な答えをくれなかった。

「まぁ……そのうち、一つずつ教えてやるよ。おまえ、遊び慣れてツッパってるように見せていながら、お子様だよな。女に化けて誘ってきた時も、自分じゃ上手くやってたつもりかもしれないが……全然ダメだ。欠片もそそられねぇ」

「う……それは、っぐ……」

年上から可愛がられることには、慣れている。

だからと言って、男女交際の経験が自慢できるほど豊富かといえば……そうでもないと、八太郎には見抜かれていたらしい。

日南多は顔が熱くなるのを感じながら、なんとか八太郎に一矢報いるべく反論した。

「あんたが、外見詐欺なんだ。姿を変える化け術よりも、すげー技だろ。最初は、へらへらして、見るからにお人好しそうなボケ面だと思ってたのに……」

言葉を濁して、八太郎を睨みつける。日南多を見下ろした八太郎は、眼鏡を外しながら意地の悪そうな笑みを浮かべた。

「あっさりと騙されるおまえが、間抜けなんだよ。兄貴といい……狐は都会に出て平和ボケしたよな。野生の勘を綺麗さっぱり忘れやがって」

八太郎の外面に騙されたのは、日南多を迎えに来た勇多朗も同じだ。

平和ボケしているとか、野生の勘を忘れたという言葉に「そんなことない」とは言い返せない。

「仕方ないだろ。都会では、野生の勘ってやつより商才とか世渡りってやつのほうが重要なんだからさ」

言い訳は、自分でも情けないと感じるものだ。

八太郎も呆れ顔で馬鹿にしてくる……と覚悟していたのに、ほんの少し眉根を寄せてうなずかれたことに驚いた。

「まぁ、それもそうか。絶滅を待つばかりの俺たちより、遙かに発展しているもんな。弘法大師空海は、この地から追うことでおまえらに罰を与えたつもりかもしれないが、今となってはどちらが種族のためになったのか……微妙だな」

自嘲するかのような微笑は八太郎に似合わなくて、手を伸ばした日南多は「なに言ってんだ」と八太郎の頰を摘んだ。

「そんなの、あの時の狐族にはこの上ない屈辱だったんだから、十分な懲罰だろ。自分たちのことだけ考えればよかったおれらと違って、この地をずっと守ってきた狸族は、すごいっていうか偉いと思うけど」

誰かを慰めることには不慣れで、上手くフォローできない。

それ以上の言葉が出てこなくなり、唇を引き結んだ日南多に、八太郎はものすごく珍しい含むところのない笑みを浮かべた。

「下手くそな慰めだが、一応礼を言うべきか」

「……そんな礼なら、いらね」

ふいっと横を向くと同時に、首筋に唇を押し当てられた。不意打ちの接触に、ゾクッと肩を震わせる。

「なん……っ」

「いいから、もう黙ってろ。おまえがしゃべると、場の空気が馬鹿っぽくなる。それとも、ヤル気を削ごうって作戦か？」

人が着ている服を脱がしながら。偉そうに言う台詞がそれか。

パジャマ代わりのスウェットを脱がされて、手際よく全裸に剝かれる。一方的に脱がされるのは不公平だと文句をぶつけるまでもなく、八太郎も着ているシャツとパンツを脱ぎ捨てた。

「どこが……ヤル気が削がれるって？」

八太郎の下腹部に視線を当てて、顔を顰めた。日南多の目には、臨戦態勢にしか見えない。

ボソッと指摘した日南多に、八太郎はふんと鼻を鳴らす。

「削がれるとは言ってないだろ。ほら、足開いて……全身、触らせろ」

「デリカシーのない男だなっ。エロ狸！」

膝を摑んで左右に割られ、カッと頰が熱くなる。羞恥に頰を染めていると思われるのが悔しくて、憤りのせいで紅潮している振りをした。

八太郎は「ハイハイ」と軽く流して、手のひらを素肌に這わせてくる。

「この前……満月の夜は、気づかなかったんだが」

「……ン？」

狐耳と三本の尻尾を面白がられ、玩具にされて弄り回された夜の屈辱は、忘れていない。なによりも、八太郎に触れられて散々乱れた自分が腹立たしくて、思い出したくない出来事だ。

それなのに、八太郎は『満月の夜』の話を続ける。

「おまえ、狐耳や尻尾が出てる時は、ここの毛も同じ色なんだな。髪はそのままなのに……どういう仕組みだ？」

さわさわと指先で下腹部の体毛を弄りながら、狐耳や尻尾と同じ白い毛だと笑われる。

反射的に八太郎を蹴りつけようとしたのに、簡単に躱(かわ)されて足をバタつかせた。

「知らねーよ！　本っ当に、無神経だな！」

「ふわふわで、悪くないって褒めてるんだよ」

「嬉しくねぇ！」

雰囲気を壊しているのは、日南多ではなく八太郎のほうではなかろうか。

日南多がそう憤っていると、暴れる足を押さえつけられ、「悪かった」と言いながら膝に口づけられた。

「おまえはなにもかも好みで、困る……ってだけだ。可愛すぎて、抱き潰しそうだ」

「な……に」

前触れもなく、意地悪モードから甘ったるい口説きモードに切り替えられて、戸惑いに絶句する。

日南多が大人しくなったと見て取ったのか、八太郎は口づけの位置を少しずつ移動させて腿の内側に舌を這わせた。

「っ、ぁ……」

「怖がるなよ。こっちも、気持ちいいって知ってるだろ？」

足のつけ根に触れていた親指が、そっとその奥……後孔に押しつけられる。そこに触れられるのは初めてではないし快楽を得たことを否定はできないけれど、怖くないかどうかは別の問題だ。

日南多は声もなく首を横に振ったのに、八太郎はクスリと笑って「嘘つけ」と口にした。

「尻尾、ふらふら揺れて返事をしているって自覚はないのか」

「う……そ」

尻尾を動かしているという自覚は、なかった。意識して動かしているわけではないのだいくらい……な」

「怖がらなくても、泣くほどいい思いをさせてやる。絶対に、俺から離れようって思えな

薄闇の中、凶悪な笑みを浮かべてそう傲慢に宣言する八太郎は、とてつもなく魅惑的だった。

抵抗しようという意思が、どろどろに溶かされる。

なにもかも投げ出して、八太郎に身を任せてしまえばそれでいいのだと……ぼんやりとした頭に、誰かの唆(そそのか)す声が聞こえる。

「怖い、って」

これはもしかして、狸の術だろうか。

そんな懸念が日南多の頭を過ったけれど、それでもいいかと抗う気さえなくなる。

「おまえは、なにも考えなくていい。俺に抱きついて、可愛く喘(あえ)いでろ」

「ゃ……、でも」

ぼんやりとした日南多の腕を引いた八太郎は、布団に座り込むと、向かい合う形で日南多を膝に乗せる。

背中を抱き寄せられて尻尾を握られた途端、全身の力が抜けた。

「あ、っ……ン」

「一本になっても、尻尾は敏感なんだな。ここ……弄りながら、こっちもしてやる。っと、なにか濡らすもの……とりあえず舐めておくか」

ぽつりとつぶやいた八太郎は、日南多の尻尾を握っている手はそのままで、左手を上げて中指を唇に含む。

目の前で、赤い舌が長い指に絡み……濡れた音が聞こえてくる。

はじめはぼんやりと目に映していた日南多だったが、誘われるように顔を寄せて、同じように八太郎の指に舌を這わせた。

「ン？　可愛いな、日南多」

日南多の動きに気づいた八太郎は、じゃれるように舌先を甘噛みしてくる。舌を触れ合わせながら長い指を舐め濡らし、「もういい」と取り上げられた時は、物足りなさに喉を鳴らした。

「不満そうな顔をするな。これからだろ。ほら、尻尾上げておけ」

「ぁ、ん……ッあ！」

二人分の唾液で濡らした指が、尻尾のつけ根を辿ってその奥に滑り落ちる。冷たいと思ったのは一瞬で、長い指の存在を身体の内側に感じた。

八太郎の肩に縋りつく指に力を込めると、尻尾を握っていた手に摑まれて腹のあいだに誘導された。

「こっち、弄ってろ。指でしっかり慣らしたら、今度はそれだ」

指に触れたのは、自分と八太郎、二人分の屹立だ。直接触れられていないのに、熱を帯びている……のは、お互い様だった。

「それ、今日やんのか」

恐る恐る指を絡ませた八太郎の屹立は、指を入れられているそこに？　と想像しただけで青褪(あおざ)める質量だった。

日南多が怯みかけていることは、情けない声と表情で伝わったのだろう。

八太郎が、「悪いが、逃がしてやれないな」と耳の下に口づけてくる。

「体力が戻るのを待ってやってもいいと思ったけど、下手に間をあけたら怖気づいて逃げられそうだからな。このまま俺のものにする」

そう言いきるからには、本当に日南多を逃がしてはくれないはずだ。抵抗しても無駄なら、大人しく腹を見せて降参ポーズを取るのが得策だろう。

「……わかったよ。好きにしろ」

「男らしいな、日南多」

意外そうな口調だが、端整な顔には笑みが滲んでいる。日南多が白旗を挙げざるを得ないことなど、わかっていたはずだ。

「ッチ、腹黒狸め」

せめてもの悪態をついて、屹立に絡みつかせた指へ力を込める。

ここは正直だ。言葉や顔は余裕な振りをしていても、日南多を欲しがっていることを隠せない。

「あんまり煽んな」

「……やだ。おれだけとか、恥ずかしいじゃんか。八太郎も……おれで、よくなれよ」

一人だけ乱されて、冷静に観察されるのはもう御免だ。少しばかり苦痛が伴っても、八太郎も快楽に溺れてしまえばいい。

そう思い、消え入りそうな声で「入れればいいだろ」と告げる。

「ッ……後悔するなよ」

日南多に挿入していた指を引き抜いた八太郎は、尻尾をギュッと掴んで脅してくる。

そんな脅しに怯むものかと、目の前の耳朶(じだ)に噛みついた。

「後悔、させるな」

「……馬鹿。おまえは、可愛すぎんだ、よ」

「あっ、あ！」

粘膜を押し広げて身を侵略するのは、指とは比較にならない熱量の塊(かたまり)だ。

声が喉の奥に詰まりそうなくらい、苦しくて……全身が熱くて、でも……八太郎に欲しがられていることが伝わってくるから、胸の奥が歓喜に満ちる。

「やたろ……八太郎、っあ……も、っと。ギュッて……抱けよ」

熱の渦に巻き込まれて、ぐるぐると振り回されて……なにも考えられなくなる。頭の中が白く染まるのも、全身が燃えるように熱いのも初めてで、怖い。

でも、きっと……八太郎が強く抱き締めてくれれば、怖くなくなる。

かすれた声でそう伝えると、日南多の望み通り強く両腕に抱き締められた。

「つ、おまえは……くそ、負けてんのは俺のほうだよ」

唸るように零した八太郎は、日南多を長い両腕の中に抱き込んで大きく揺さぶり、快楽に堕とそうとする。

「ッ、ゃ……あ、ァ、八太郎、やたろー……なんか、熱い。やっ、ヤダ。ぞわぞわ、って」

「ヤダ、じゃないだろ。そのまま感じてろ」

尻尾を握りながら、身体の奥を熱塊でゆったりと刺激される。

好きにする、みたいに宣言したくせに、きっと最大限に優しくしてくれているのだと全身で感じた。

「可愛い、日南多。最初っから、気に入ってたけど……もう、手放せる気がしねぇ」

どんな顔でそんなことを言ったのか、見てやりたかったのに……必死で縋りついたこの体勢では、八太郎の頭しか見えない。

……それも、日南多に顔を見られないよう、計算してのことだったのかもしれないが。

「やたろ、やたろー……ぁ、ぃ……く、イク、やだっ、またおれだけっ」

「馬鹿。おまえだけじゃねーよ」

甘くかすれた八太郎の声が、耳に吹き込まれる。

あまりにも身体が熱くて、どろどろに溶けてしまうかもしれない。

「ッ、日南多」

八太郎の声だけが、ハッキリと耳に届き……安堵に、意識を保とうという意地を手放す。

熱に追い上げられるまま、八太郎の背中に爪を立てて身体を震わせた。

「ぁ……あ、ぁ……」

「ふっ、……ヒナ、俺のものだ」

強く抱き返されて、声もなくガクガクとうなずく。

与えられる快楽に白く霞む頭の奥、長く分かたれていながらようやく巡り合った黒い石が、触れ合う……澄んだ音が聞こえた気がした。

□□□

『どういうことだっ。なんで、狸の郷に残るなどと……日南多！』
『ちょっと、俺にも代わってくれ。日南多っ。狸に脅されているのか？　今すぐ兄ちゃんが助けに行ってやるから、少しだけ待ってろ』
『なんで、ヒナちゃんが帰らないなんて言い出したんだよ。ジイちゃんが、喧嘩したせいだ！　責任取って、ヘリをチャーターしてもらおう。すぐに向かえば日没までに往復できるだろう』

電話の向こうからは、兄たちの怒声が聞こえてくる。予想していたこととはいえ、眉を顰めて受話器を耳から話した。

それでも、あちらの喧騒は漏れ聞こえてくる。

『勇多朗、車を出せ』
『ジイちゃんに連絡してからだ。ヘリの用意をしてもらわないと』
『車で走りながらでいいだろう。ジイさんには、俺が電話をする』

二番目の兄と、一度ここに乗り込んできた勇多朗の声だ。一番上の兄は仕事中なのか、不在らしい。

ふぅ……とため息をついた日南多は、八太郎に借りた電話の受話器を握り締めて、呼びかけた。

「今すぐ来られても、困る。脅されてなんかいないし、おれの意思で残るって決めたんだ。水没したスマホもなんとかしなきゃだし、身の回りのものもいろいろ持ってきたいから、近いうちに一度家に帰るよ。話は、その時でいいだろ」

『日南多っ。そんな大切なことを、一人で決めるな。帰る気があるのなら、明日にでも戻ってきなさい』

『ううう、あの時に無理やりにでも連れ帰ればよかったんだ。俺のせいで。ヒナちゃんが狸の餌食(えじき)に……ぅわぁぁ、考えたくないっ。狸の餌食なんてっ』

『うるさい、勇多朗！　想像するな！　ともかく、帰ってこないならこちらから行くからな。シン兄にも連絡をしたから、帰国したら空港から直帰するはずだ。狸め……どんな手を使って日南多を丸め込んだんだ。純粋で優しい子だから、容易く懐柔(かいじゅう)できたのだろうが……俺たちはそうはいかないってことを、思い知らせてやる』

ギリッと歯ぎしりの音が聞こえてきて、日南多は「あーあ」と肩を落とした。

ここに移住することにしたと告げればこうなるだろうと、予想はついていた。

敢えて電話で伝えたのは、家に戻って言い出せば、外出できないように自宅に監禁されかねないと危惧したからだ。

「イライラしたら、血圧が上がるよ。この前の健診で引っかかったんだろ。わかった。明日か明後日か週末か、近いうちに帰るから」

『約束だからな』

「うん。だから、乗り込んでこないでよ」

そう言い残して、通話を切る。

ここのナンバーを非通知に設定して電話をしたので、折り返してくることはないはずだ。

コードレスの電話を充電台に戻して、はー……と深く息をついた。とんでもない疲労感が肩に伸し掛かってきた。

「……兄貴たち、すげーな。だいたい予想はついていたが、恐るべきブラコンだ」

少し離れたところに座る八太郎にまで、兄たちの怒声が漏れ聞こえていたことは確実だ。

ブラコンと言われても、否定する材料は皆無なのだから反論できない。

「小学生ならともかく、めちゃくちゃ恥ずかしいんだよ」

愛されているとは思うのだが、息苦しいことも事実で……でも、兄たちを嫌ったりできないのだから複雑だ。

「ってわけで、近いうちに一回帰るよ。説得は……簡単じゃなさそうだけど」

どんな騒ぎになるのか、予測不可能だ。泣き落としという、最終手段に出られる可能性もゼロではない。

憂鬱(ゆううつ)な気分で視線を泳がせていると、八太郎が近づいてきた。そっと両腕で抱き寄せられて、身体を預ける。

背中を撫でられると、緊張に強張った筋肉が解けていくのが不思議だ。

「俺も一緒に行くか？」

「ええっ、やめておいたほうがいいと思う……けど」

八太郎の口から出たとんでもない提案に、ビクッと身体を震わせてしまった。

それこそ、どんな恐ろしいことが起きるかまったく読めない。子供の頃に好んで読んでいた昔話の絵本、『かちかち山』の狸の身に降りかかったこと……怖い想像が、グルグルと頭の中を駆け巡る。

「おまえだけ行かせたら、閉じ込められて自宅監禁されるんじゃないか？」

それは、日南多も考えたことなので否定はできない。

無言の日南多に、八太郎の決意が固まったらしい。

「よし。決めた。明日……は青年会の会合か。明後日だな。小梅さんに暇を出しておこう」

「ちょっと、八太郎。もっとよく考えたほうがいいって。敵の本拠地だぞ。おれじゃ、兄貴たちには勝てないし……」

顔を上げた日南多は、八太郎の腕を摑んで「考え直せ」と訴える。どう考えても、無事ですむわけがない。

日南多は余程必死な顔をしていたのか、八太郎がククッと肩を震わせた。

「敵の本拠地って、おまえの自宅だろう。それに、おまえは敵地に単身乗り込んできただろうが」

「おれの場合は、……なにも考えてなかっただけ。それに、一対一だった。八太郎がおれの家に来たら、一対……えーと……」

兄たち四人に、父親に……と指を追って数えていたら、その手を、八太郎の大きな手に包み込まれた。

「完全武装していくから、心配するな。ジリジリしながら、おまえの帰りを待つほうがストレスだ」

「かんぜんぶそう……」

下手したら、都会の真ん中で『狸VS狐』の戦争が勃発するのだろうか。現代では、行司をしてくれる弘法大師空海など存在しないのに。

激しい火花が散る光景を想像して、青褪める。言葉もない日南多に、八太郎は苦笑して額を触れ合わせてきた。

「どんな想像をしてるんだ？　まぁ、ドンパチやらかしたりはしないから安心しろ。日南多には、なにより重要な役目がある。おまえ次第で、俺は無敵だ」

意味深な笑みだ。

八太郎がこんなふうに言い出すということは、勝算があるのだろう。

「おれ、なにをしたらいい?」

「簡単なことだ。俺の味方をしてくれ」

「……それだけ?」

どんなすごい技が? と期待していた日南多は、拍子抜けして八太郎と触れ合わせていた額を離した。

八太郎の味方をすることで、どうやって無敵になれる?

「本気だぞ。最後の手だが……」

耳元に唇を寄せてきて、作戦を吹き込まれる。

無言で聞いていた日南多は、目をしばたたかせて、心の中で「そんなことで?」とつぶやいた。

けれど、顔を離して目を合わせた八太郎が、なんとも得意げな顔をしていることに苦笑した。

「わかった。それでいいよ」

「打つ手がなくなって、最後の最後に投下することで効果が出るからな。タイミングを見誤るなよ」

「……うん」

うなずいたけれど、本当にそんなものが『最後の手』で八太郎が『無敵』になる術なのだろうか。

半信半疑の日南多をよそに、八太郎は「決戦に備えて荷造りをしておくか。東京は大学卒業以来だな」とシャツの袖を捲っている。

八太郎が打ち立てた『作戦』。

日南多が八太郎の味方をするだけで、『無敵』になれるという方法。

『兄貴たちに、〈移住を認めてくれないと絶交だ。二度と口を利かない〉と真剣な顔で言ってやれ。脅しじゃなくて本気だって伝えるために、最後まで怖い顔をしてろよ』

それが、最終手段だとは……信じ難いのだが。

実行したその技に、目論んだ通りの効果があったかどうかは、後日談になる。

あとがき

こんにちは、または初めまして。真崎ひかると申します。この度は、『高慢な狐と腹黒狸の誘惑駆け引き』をお手に取ってくださり、ありがとうございました！

ええと、タイトルそのままです。我儘な狐が、本性を隠した（途中から隠さなくなった）腹黒な狸にキャインと言わされます……。

きっかけは、狐はそつのない美形で化け上手、狸はどんくさい子が多いイメージなので（私の勝手な思い込みです）、いっそ逆を張ってみようというものでした。

結果、日南多は向こう見ずな単純おバカで、八太郎は好きな子をイジメる小学生のようになってしまった気がします。駆け引きは……成立していないかも、ですが個人的には楽しかったです。

これは、つついて泣かせたくなる……というくらい生意気可愛い日南多と、見事に腹黒を隠した男前な八太郎を描いてくださった北沢きょう先生。お世話になりました。ありがとうございました！　カバーイラストの人間バージョンの二人も、化けの皮が剝がれた本性の二人も、とってもラブリーです。

今回もとてつもなくお世話になりました、担当S様。最後の最後に、イレギュラーな事態が発生したとはいえ、大変お手を煩わせまして申し訳ございませんでした。動きの鈍い駄馬に鞭を振るってくださり、ありがとうございました。

ここまで読んでくださり、ありがとうございます。おバカな話ですが、ちょっぴりでも楽しいお時間を過ごしていただけると、とっても嬉しいです！

では、失礼します。またどこかでお逢いできますと、幸いです。

二〇二一年　　今年は平穏を取り戻せますように　　真崎ひかる

本作品は書き下ろしです

真崎ひかる先生、北沢きょう先生へのお便り、
本作品に関するご意見、ご感想などは
〒101-8405
東京都千代田区神田三崎町2-18-11
二見書房　シャレード文庫
「高慢な狐と腹黒狸の誘惑駆け引き」係まで。

高慢な狐と腹黒狸の誘惑駆け引き

2021年2月20日初版発行

【著者】真崎ひかる

【発行所】株式会社二見書房
東京都千代田区神田三崎町2-18-11
電話　03(3515)2311［営業］
　　　03(3515)2314［編集］
振替　00170-4-2639
【印刷】株式会社 堀内印刷所
【製本】株式会社 村上製本所

落丁・乱丁本はお取り替えいたします。
定価は、カバーに表示してあります。

ISBN978-4-576-21008-7

https://charade.futami.co.jp/